我想寫一本連細微的悲傷都未曾放下，
不會讓任何模糊幽微的存在為之消失的小說。

정지아
鄭智我

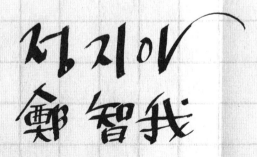

鄭智我 정지아——著
盧鴻金——譯

好評推薦

・在忙碌的日子裡，意外讀到這本好看的《父親的解放日記》，意外的驚喜。對子女，父母都有似乎熟悉，實則不然的兩面性，有時，唯當揮手告別之後，子女方有重新認識父母的機會。也許爲時已晚，但愛卻更爲透明、眞切。我喜歡這本書。

——蔡詩萍，作家、臺北市文化局長

・游擊隊、共產黨、解放者、失智症等等名詞之下，這本書的核心始終是一句「父親」，當父親一職隱藏在各種身分底下，該如何成爲與定義？鄭智我以帶著歷史性的回溯之眼，看向自己父親的各個層面。從死亡開啓的旅程，抵達的終點處，卻不見得擁有答案，有時人們只不過是爲了更靠近、爲了和解，所以出發。

——蔣亞妮，作家

・在河流般漂流的時間裡，創作者拾起一艘名爲「父親」的船，安放在記憶的框架上。一個人的尊貴是因他爲人所紀念。

——車仁表，演員

・以詼諧的文體剖析理念相悖的時代悲劇，作家用理解與和解的力量加以梳理，令人讚歎。

——文在寅，韓國前總統

・在火車上邊哭邊笑著讀，好怕給人看到啊。讀著讀著就哽咽起來，不時又大笑出聲，雖然悲傷，但非常有趣。講述的是眞摯而沉重的主題，卻不會讓人感到負擔。

——柳時敏，韓國知名作家，前國會議員

・不曉得多久沒有看小說看到哭了，也好久沒有投入地一口氣看完整本書了。

——金美月，小說家

・仔細觀察在父親的葬禮上遇到的錯綜複雜的故事，會發現那些人物既不紅也不藍，只不過是耕耘自己人生的「人」而已。

——朴惠珍，主播

臺灣版獨家序言

悲傷無法支配人生

鄭智我

我的父母是社會主義者。南韓在美國的支援下強行建立僅只統治南韓的政府後，他們兩人高喊著民族統一和階級解放，潛入智異山展開了武裝戰鬥。最後終告失敗，並坐了很長時間的牢，出獄後回到資本主義的南韓社會務農。父母是否曾感到委屈？我認爲他們從來沒有覺得委屈，也沒覺得挫折。他們只是做著當下力所能及的事，默默地度過命定的時間而已。

他們未曾讓挫折、憤怒或悲傷支配自己的人生。

這本小說是關於我父親的死亡，亦即關於他徹底放下自己人生的紀錄。雖然是自傳體，但並不是紀實文本，這本小說裡的父親只是我自己詮釋的父親形象。我不知道當時的事實，甚至連自己的事情也隨著時間的流逝被編入虛構的領域，因爲記憶並不完整。我幼年時期的父親十分深情，像泰山一樣堅實；在我的青少年時期，坐牢的父親似乎如同被深秋的江霧籠罩一樣，形象十分模糊；我中年時期的父親是在日常生活中，實踐革命精神的奇特老人；罹患癡呆症的年老父親則是失去記憶，但卻固執地面對死亡的眞正革命家。這一切的一切都是我父親的樣貌。

這本小說出版已經超過一年，在流逝的時光中，已過世的父親生命又開始出現變奏。我現在想到的父親不是這本小說裡的父親，那位父親已經被我送回過去。我最近感到好奇的是，在過去某個時期曾經動搖父親內心的悲傷，即便父親並未被這些悲傷吞噬壓抑掉自己的生命。

父親在韓戰時期，曾與採訪智異山游擊隊的義大利女記者經驗過短暫而熾熱的愛情。也許因爲短暫，方能交織出更加濃烈的愛情。最後一天，父親把她送到山下。父親以確信自己即將在該處死去的智異山爲背景，堅定地站立，久久地注視女人的背影，未曾流下一滴眼淚。父親和女人都知道那將是彼此的最終回憶，在那一瞬間，湧上他們胸口的悲傷又去向何處？

雖說悲傷沒有支配父親的生命，但那並不意味著悲傷的存在被全然抹去。父親努力抹去的某些悲傷最近經常湧上我的心頭，也許我總有一天會用這些悲傷重新編織父親的生命。不知所有的事物是否都會以這種愚蠢的念想展現自我的存在。人生在迷宮中腳步踉蹌，我也不知道邁出一步之後會遇見什麼。我的手、腳經常會被某些事物所羈絆，爲求了解其原貌，我總會嘗試織造故事，而這個過程對我來說，就是書寫小說。我想寫一本連細微的悲傷都未曾放下，不會讓任何模糊幽微的存在爲之消失的小說。

大部分的臺灣讀者都是第一次接觸我的小說，如果您能夠暫時停留在分裂的大韓民國、停留在韓國南方的小村落、停留在那位雖已模糊消失，但爲了不讓悲傷壓倒自己而竭盡全力活下去的男人的生活中，哪怕只有一秒，我也會萬分感謝。

目次

★

父親死了。頭撞到電線杆上死了。一輩子板著臉孔過日子的父親竟是以這種方式，結束他始終一貫眞摯的生命。

這不是愚人節笑話。即使是愚人節，我們家也不是那種會開玩笑或耍幽默的家庭。幽默？那在我們家是一種禁忌。但也並非完全沒有幽默，在任誰看來都是幽默、也必須幽默的瞬間，我父母卻像革命前夕的革命分子一樣嚴肅認眞，惹得眾人發笑。所以與其說我們家幽默，不如說是他們以面對革命的態度，進行眞摯且嚴肅的行爲或生活，呈現出一種幽默。無論如何，就是很搞笑。好比以下這種情況：

那是在我讀高中的某個寒假。

過去身爲社會主義游擊隊的父親高尚旭在結束了近二十年的牢獄生活後，沒有前往資本主義的中心——首爾，而是選擇住到沒公車、沒電的故鄉。與資本主義爲敵，堅決信奉社會主義的人竟然選擇到沒嘗過資本主義滋味的窮鄉僻壤過活，這點無疑是很搞笑。但在獨裁政權的統治之下，社會主義者又還能去哪呢？年近花甲的父親自此搖身一變成了新手農夫。身爲社會主義者，父親曾有過一段相當輝煌的日子，但是農夫卻做得一塌糊塗，還眞不愧是社會主義者，意識型態絕對超前，行動卻不盡然。父親經常閱讀《新農民》雜誌，根據裡面提供的資訊播種、鋤草、施肥。母親把父親的這種耕作方式命名爲「照書種田」。

「《新農民》說什麼時候鋤草，你才鋤草，那時草都不知道多高了。唉唷，你管《新農民》寫什麼，該拔草的時候就得拔，哪有人靠文字來種田的？」

無論母親怎麼嘮叨，父親對文字的信念也絲毫沒有動搖。正是因爲篤信文字，父親才會在讀了《共產黨宣言》後，成了社會主義者。

「你繼續看書吧！專家就只會紙上談兵。」

母親咂舌抱怨，在父親掛著老花眼鏡，埋首於《新農民》或各種務農書籍時，獨自扛著鋤頭去下田。

有母親幫忙，情況會好一點，否則堅持照書耕種的父親，總是以失敗告終。那年冬天，他們也因爲耕種失敗，只能靠著剝剩的、蟲咬過的栗子來熬過漫長的冬天。在高山的黑影籠罩巴掌大的小村莊時，我那位只重視思想的內涵，對其他事物沒半點耐心的父親，在栗子剝到一半時，就嚷著他屁股坐到發疼，跑出門喝酒去，最後還帶了個女人回來。

山村冬日冷風寒，日子寂寥難耐，煩膩生厭至極的我，不禁懷疑，難道父親有了外遇？我要有同父異母的兄弟姊妹了？懷著看精采連續劇的心情，想著二媽身有萬貫家產，日後我就能多分一些的心情，我稍稍打開房門偷看。嘖嘖嘖，那女人頭頂著籮筐，論姿色、身材或裝扮，根本不夠格當二媽，也絕不是我母親的對手。典型的平民百姓模樣，完全引不起我一絲興趣。我對身爲社會主義者的父親由衷感到失望，並在冷風吹襲中打了個寒顫後，立刻把門關上。

大膽的父親用母親從沒聽過的溫柔聲音引那女人進內屋。父親年近花甲第一次置產，買下的這間鄉下房子只有兩個小房間。因此他們在內屋的對話就像在我耳邊竊竊私語一般，全都聽得一清二楚。

「她來這裡賣籮筐，錯過了下山的時間。這麼寒冷的冬天，她要上哪裡去睡覺？我看她在堂山樹下冷到抽鼻子，就跟她說來我們家睡吧。好啦，妳快去準備點飯菜什麼的。」

「眞是不好意思了，我怎麼敢要溫暖的房間，讓我睡牛棚吧，就麻煩你們一個晚上了。」

雖然姿色不怎麼樣，但那女人的聲音像是剛做好的糯米飯一樣溫潤。管他是社會主義者還是什麼，但凡是男人，在溫柔的雌性面前，似乎都會被融化得軟酥酥的。我豎起耳朵，偷聽內屋裡的對話，同時在腦細胞上銘刻了現在想來也是極其現實的結論——人類的本性比社會主義更加強大。換句話說，種豆不一定得豆。雖然我是父親的親骨肉，又接受他的教育，但我偏偏就是個現實主義者，儘管我怎麼也洗刷不掉「社會主義游擊隊隊員女兒」這個身分。

「什麼牛棚？我家有兩間房，就當這裡是自己家一樣，好好休息吧。老婆妳在幹什麼呢？還不趕快擺桌，去準備點吃的？」

父親的呵斥以低沉的呼痛聲收尾，可能是母親偷偷捏了父親的大腿。父親眞是太不會看人眼色了，竟還想讓陌生人品嘗家中柿餅的味道。那可是知道我愛吃柿餅的母親忍著腰疼，不穿線，一個個親手放到架上，每天不厭其煩、反覆翻面數十次曬乾的柿餅。母親甚至生怕柿餅淋到一滴雨，只要眼看快下雨，就拋下田裡的活，一口氣跑回家，小心翼翼地收回柿餅。因此，母親當然會毫不猶豫地捏了父親的大腿。

「你跟我過來一下。」

很快地，他們倆來到我的房間。

「飯菜我可以準備，但讓她去別的地方睡覺吧。我們家哪有多餘的房間？山下大哥家不是有很多空房嗎？」

因爲怕那女人聽到，母親在父親耳邊低聲悄悄說。

身爲革命分子的父親在高度警覺方面有著傳奇紀錄，他曾靠著近乎神奇的敏感度在國防軍包圍之前逃出祕密基地，進而挽救了谷城郡的黨員。只不過在沒有國防軍或警察包圍的情況下，他竟半點警覺之心都沒，渾不知母親在他耳邊低聲細語代表什麼，反倒像是身上起了雞皮疙瘩似的搓著耳朵大聲回應：

「我們家怎麼沒有房間？讓她跟孩子一起睡不就行了？」

「哎喲，你那麼大聲幹麼？都給人家聽到了。一個不明底細、不知道在哪裡睡過的女人，怎麼能跟孩子一起睡？萬一讓孩子染上跳蚤怎麼辦？」

母親每星期都要用湯匙把廚房天花板上的煙灰刮掉才滿意，簡直是到了有潔癖的地步，因此以不知陌生女人身上是否有跳蚤爲理由，想要說服父親，但父親嚴正俯視著她，說：「妳在智異山拚命是爲了居家清潔嗎？難道不是爲了人民？

現在來的那個人就是妳冒著生命危險也要守護的人民啊，是人民！」

父親的眼神眞摯懇切、悲壯非常，若有人在那一刻用相機拍他，肯定會以爲他是目睹了處決現場的獨立運動人士，或剛剛幫遭屠殺的同志收屍的革命家。就在我差點要笑出來時，母親竟然爲之屈服，默默退出了房間。對於當年只有十七歲的我而言，不論是非要讓女攤販睡一晚，而把「人民」扯進來的父親，還是聽到那句話後，不但立刻屈服，甚至深感慚愧抱歉而臉紅的母親，都比當時我正在讀的卡繆《異鄉人》更加陌生。

因爲腰痛，平時只會準備大醬湯和泡菜的母親，那一天連放在碗櫃裡的新盤子都動員了，用盡了最大努力爲「人民」準備了最好的飲食和被褥。

爸爸的「人民」那天晚上留下跳蚤給我，還偷走了掛在柱子上的五十顆大蒜。接下來的一個月，我一邊抓癢一邊左罵那個「人民」、右怪革命家父親，偶爾還發出咯咯笑聲。消失的五十顆大蒜簡直是對我父母眞摯心意的徹底背叛，偏偏當事人跟我想的不一樣，他們非但不認爲那是背叛，反倒起了憐憫之心，想著那人生活是有多苦，竟然連大蒜都要偷。他們不但不憤慨，甚至更加嚮往新世界，希望能讓「人民」不必偷五十顆大蒜也不會餓肚子。可是，誰敢說那個女販子不是用那五十顆大蒜去換香粉，把一張滿是雀斑的臉塗個雪白，以此欺騙有錢老頭呢？但是我那心思單純的社會主義者父母，是連做夢也不會想到這種可能，他們是不知人心險惡的土包子。

回想起來，自父親結束監獄生活回到現實世界後，他們的人生就一直如此。我父親不只在政治思想上忠於社會主義，他根本無時無刻都是社會主義者。如我所說，做爲一個新手農夫，父親對務農毫無半點耐心，反倒像是在草屋進進出出的老鼠一樣，每天工作到一半都會回家喝杯燒酒，讀幾行報紙後才再次下田。每次回到家，父親都沾了一身野生植物的種子、灰塵和泥土。母親在父親進院子那一瞬間，就會衝出來叨念：「拍拍衣服」「脫掉襪子」「洗洗手腳」。父親才不理母親的嘮叨，而是像不拘小節的社會主義者那樣，淡然地隨便拍兩下褲子，然後毫無顧忌地進了房間。「欸，對狗說話，牠都能懂。拍拍衣服、洗個手究竟有多難？每次都要讓我操心，我內臟都要氣到炸出來了，眞是活不下去了。」

母親踩小碎步跟在父親身後，伸手一一清理他身上掉下來的雜草、種籽和灰塵。父親泰然自若地看著這景象，只在母親的嘮叨超過限度時，唰的打開報紙大聲喝道：

「搞了半天，原來妳不是社會主義者啊。」

抖衣服、洗洗手，到底是怎麼會跟社會主義扯上關係？我實在無話可說，只好放下正在讀的尼采，注視著父親。

「社會主義的本質是什麼？」父親問道。

毫無心機的母親聽到自己知道答案的問題，連忙不懂裝懂地回答：

「當然是唯物論啊！」

「是嗎？妳那顆腦袋長在那裡有什麼用？想想看，人類可不是靠上帝一句『造幾個人吧』這種無聊話，就從天上掉下來的。人類是從灰塵中開始的。妳掃掉的、破口大罵的，不正是我們人類的起源嗎？社會主義者在日常生活中，就應該秉持唯物論者的理念過日子。」

起源？小學畢業的父親口中說出這種高級詞彙讓我聽了啞然失笑。也許是覺得從灰塵扯到唯物論有些過分，母親這次並未直接屈服，而是轉過身，用父親聽不到的音量抗議說：「哎喲，這話倒很會說，你琢磨怎麼說這些話的時間，就可以把衣服抖一抖了。」

連褲襠上一粒灰塵都認爲是人類起源，不可隨便撣掉的社會主義者父親終於要回歸到那個起源了。他的頭撞到電線杆上，真不愧是我父親，連生命最後一程也這麼幽默。當然，在把頭撞上電線杆的那個瞬間，他一定是不信電線杆就擋在前方。他肯定是真摯地一步一步踏著人民積累起來的步伐，邁向改變人類歷史之路。只不過剛巧在那裡，有這麼根電線杆立著，如此漫不經心卻偏偏就是在那裡。真是混蛋。

★

三、四名工人魚貫走進殯儀館的弔唁室，帶來了裝飾著白菊的布置品，那是母親挑選的，價格是二十萬韓元。其實我當初選的是價值一百萬韓元的布置，但母親流淚說道：

「哎呀，人死了，身體就會腐爛掉，沒必要用花那麼多錢去布置。」

母親眞不愧是社會主義者，在做出唯物主義的結論後，還對我眨眨眼。最終我們選擇了最便宜的花。雖然我只是在幾所大學兼課的講師，但還是希望父親此生的最後一程，能夠風風光光地走完。況且我自問就算要把存摺徹底掏空，也不是沒那個能力好好辦，但我還是決定遵從母親的意願。他們兩人的固執程度比鋼筋還堅硬，不知信奉什麼主義的人是不是都如此，抑或是我的父母比較特別。我在心裡默默盤算，不僅沒自信能戰勝母親的固執，又想到社會主義者之間應該會有相通之處，所以父親絕對不會對此感到遺憾。

黃社長從工人身後露出了臉。

「妹妹！」

不到一小時前才來跟我打過招呼的黃社長，是經營這間殯儀館的三個合夥人之一。這個小鎮人口不過兩萬七千人，略一打聽，就發現黃社長不僅是我表哥的同學，也是極力主張把父親送來這間殯儀館的同黨同志——朴東植的弟弟。而父親參加的那個民主勞動黨，其實黨員還不滿百人。雖然黃社長和朴東植沒有血緣關係，卻是從小穿一條褲子長大的好兄弟。去年早早準備好父親相片、很有先見之明的朴東植，我也是昨天才第一次見到，他說自己喊父親小叔，所以要我叫他哥哥，就好像已經認識了十年似的，一直纏著我不放。母親似乎也覺得理應如此，比平時還誇張地頻頻點頭，於是在父親臨終之前，我多了一個八竿子打不著的哥哥，連帶地，一小時之前才見過的黃社長也成了我哥哥。送走一個血肉至親，卻多了兩個哥哥，難道要說這不算是門賠本生意？我呆呆看著一個小時前才成了我哥哥的黃社長。

「我想跟妳母親打個招呼。」

竟然跟我說半語＊。哼，一見面就說半語的人，一個小時之後會改說敬語嗎？如果是平時，我一定會像冬至臘月的寒風一樣猛烈地頂回去，我們什麼時候見過面？怎麼能跟我說半語呢？但這裡是我父母的故鄉，又是父親去世的治喪期間，我不能像平時一樣隨意行動。於是我像個聽話的妹妹一樣，溫順地去叫母親。

頭部受傷失去意識的父親被送往順天市的綜合醫院，母親在與醫生討論是否要進行生死攸關的手術時，一滴眼淚都沒有掉。她甚至完全理解醫生所說「動手術的話，可以挽救生命」這話的真實含義，亦即「只能」挽救生命。當場沉默了一會兒之後，母親問醫生：

「如果是您，嗯……如果是您的父親遭遇這種事，您會怎麼做？」

醫生也不是一般人，對母親這個多少有些尷尬的提問，臉上表情一點沒變。

「雖然有可能變成植物人一直躺著，但如果您非常愛他，想一直見到他的話，那就該動手術。」

也就是說即使手術成功，他也會變成植物人。我雖然很討厭這個操著首爾標準話，不願承擔醫療責任的醫生，但母親卻不在乎這些，不愧是只重視事情核心

＊韓語中區分為敬語體和半語體，通常對比自己年幼或親近的人使用半語。

本質、對於瑣碎日常毫不在意的社會主義者。

「都沒了意識，那還算人嗎？不要動手術了。」

面對社會主義者爽快的回答，爽快的首爾醫生很爽快地轉身離去。而且，雖然醫生是預判父親約莫會在一星期到十天內，因腦壓過高壓迫腦幹而停止呼吸，他卻不到半天就過世了。以前每當父親喝太多酒，母親就會威脅他說連半點遺產都沒留給女兒，往後難道還想讓女兒來照顧？每當這時，父親都會大吼道：

「如果到了那種情況，我就咬舌自盡，幹麼還活著？」

父親向來是個守約之人，到死都是如此。在我們開始準備陪病之前，他就走了，還是趁我外出採買看護用品的時候。

父親的大體比我們母女略晚到達殯儀館，母親這時才真正感受到他的死亡，而淚流不止。

「媽媽，這裡的社長要見您。」

哭得筋疲力盡的母親有些失魂落魄，一時間沒聽懂我的話。黃社長向一頭霧水的母親行大禮，她邊哭著，邊慌忙回禮。擡起頭的黃社長雙眼微濕。

「我跟高先生很熟。」

直到此時，母親眼中的警戒才消失。母親不像社會主義者，她對陌生人、陌生的事物都會加以防備。對母親來說，熟悉的、老舊的，才是好東西。其中最熟悉、最好的就是社會主義和同志們。幾小時前才去世的父親只要一批評北韓，母親都會非常尖銳地反擊，讓人以爲她是天生的社會主義者。但實際上，母親對社會主義不過是初戀般的情感，再深入剖析一點，只不過就是嚮往女人也能學習、窮人也能有尊嚴的理想世界而已，但其實推崇新自由主義的大韓民國早就能做到這種程度。因此對於母親來說，社會主義像是她過去的第一個男人，由於是過去式，所以最爲想念。悲傷哭泣的母親用比黃社長更爲濕潤的眼睛凝視他，眼神還帶著一絲防備。

「你是怎麼認識我丈夫的？他認識的人我也都認識……」

「大概是十年前吧，我拜訪過他一次，問他知不知道我父親的消息。」

媽媽眼裡閃爍著光芒，可能是因爲終於有機會可以再次回到那些她始終念想的日子。

「你父親的大名是？」

「他叫黃吉秀。」

「黃吉秀……」

母親的目光在空中探索，不知道她是否相信過去的歲月是枯乾的，只剩下散落的幾粒塵埃。但她的動作就像是乘坐時光機返回智異山一般，死去的人一個接一個在她的腦海裡活了過來。

「我不記得這個名字……在山裡應該都是使用假名，他的老家在哪？」

「他出生在間田鎮茂水村，您可能不知道。聽高先生說，我父親是在麗水順天事件*之後中槍身亡。他是爲了轉移到皮亞谷，在蟾津江渡江的時候中槍的。」

連讓身爲人民群眾的女攤販借住一宿都十分超介意的母親，此刻卻緊緊握住陌生男人的手，無限親切地拍了拍對方。無論是小時候或現在，我都無法理解這種突然的轉變。難道這就是思想的威力？能偉大到突然就完全包容陌生人的程度？也許對我的父母來說確實如此，但我卻覺得這種親密與包容，就跟搭頭等艙的有錢人靠財力獲得的親密感沒什麼不同。

「你也眞是苦命……父親不在世上了。」

「過去的歲月眞無法用言語形容，四處流浪……」

被母親拉著手的黃社長肩膀一聳一聳的。明明是別人的葬禮場合，他竟似乎是來這裡找人安慰自己一生的傷痛。

「你該有多難過啊？不用說我也知道。我們都是活在這樣的世界裡，眞是苦了你。經常埋怨你父親吧？」

「小時候不懂事，確實經常如此，那時眞想把我的血液都換掉。但是隨著年紀慢慢增加，開始好奇我的父親究竟是怎樣的人，所以才去找高先生。」

母親和黃社長雖是初次見面，但僅憑他父親是社會主義者，就跨越了所有障礙，分享了深厚的情誼。不知怎麼的，那有如水龍頭一樣湧出的熱淚，實在讓人

＊一九四八年十月十九日，韓國全羅南道麗水、順天等地區，發生大規模平民抗爭事件。駐紮麗水的國軍第十四聯隊有士兵因抗命拒絕進行鎮壓，反對成立單獨政府，主張美軍撤退，而起義占領了麗水、順天等地區。以該事件爲契機，李承晚政府制定《國家保安法》，構建了強有力的反共國家。

難以置信，但我決定再次當一個旁觀者。多虧了黃社長，母親才能從父親的死亡中暫時抽身，也許眞正獲得安慰的人不是黃社長，而是母親。你現在做什麼工作？結婚了嗎？幾個孩子？戶口調查般的詢問接連不斷。在他們交談之間，父親的遺照被白菊花包圍起來，而他生前是個連花都不會想要多看一眼的人。

不，我突然想起，秋天的時候，父親背上的架子除了桃子或棗子外，還會插上三、四根紅熟的土茯苓。有些時候，父親的腋下會有幾朵淡紫色的野菊羞怯怯地點著頭。在摘取無法食用的土茯苓和野菊時，父親的腦袋裡在想些什麼？他是個徹底的社會主義者，但在看見這些植物時，他那堅硬如石的心腸也許就慢慢融化了，說不定久遠以前的青澀愛情回憶也爲之泛濫。一想到這些，我在父親斷氣後，第一次流下了眼淚。我不熟悉不是社會主義者的父親，所以我不能說自己對父親很了解，於是把流出的眼淚吞進肚子裡。

★

我看了看遺照中的父親。

「遺照中」，這三個字喚起了不能再次見到他的真實感。我暫時沉浸在對父親的感念之中，但是遺照中的父親卻一如既往地用堅定的眼神凝視虛空，讓我在感念之餘頓生羞愧。每當我來到父親面前，總是會帶著這種心情。跟我同齡的女孩會把漂亮的衣服、裙子、化妝品、髮型當作稀鬆平常的話題掛在嘴邊，並從中感受到幸福。可是我一想到父親，就會覺得這些想法真是太令人寒心和羞愧了。跟父親就只有統一和革命、人類的進步好談，在他面前似乎不能提起其他的事，而且這情況持續了很長一段時間。怪不得我感到有些委屈，於是回瞪遺照裡的父親。父親那神情彷彿在若無其事地說：「那是妳自己的事，我又沒說什麼。」遺照中，父親的左眼直視前方，右眼卻朝四十五度右側看去。

父親是斜視，所以很難判斷他到底在看什麼。好像什麼都沒有在看，又好像連背面都能看透。大部分的人和我一樣，對於父親斜視的目光感到不舒服。但是當然，成爲斜視並不是父親的錯。

父親在一九四八年初，因爲散發主張五．十選舉＊無效的傳單而遭逮捕。警察在父親的生殖器上綁上電線，進行電擊拷問。結果除了斜視之外，電擊還留下其他後遺症。從那天以後，父親變成無法生育的人。儘管如此，父親還是說：

「拷問中最輕鬆的就是電擊，因爲很快就暈過去了。」

當時還是高中生的我問他：「那麼哪一種拷問最痛苦？」

「蓋上濕透的毛毯，用棍子一直打，但是不到會暈過去的程度，那可眞是要命啊！而且身上還不會有淤血。」

父親回答時，讓人看不出他是目光直視前方還是看往右側四十五度。那時的父親雖然像平時一樣面無表情，但不知爲何，他顯得有些興奮。我直到四十多歲才理解，原來痛苦的記憶還可以滿懷興奮地娓娓道來。痛苦和悲傷都已過去，無法再次承受的、遭到電擊拷問的那一天在父親的記憶中，成了他年輕歲月最燦爛的瞬間。

由於電擊拷問，父親的精子失去活力，醫院也宣告他不會有兒女。有一天，父親在集市酒館中，見到了在智異山死去的同志的哥哥，那人是一名韓醫，在敘舊問候中，父親吐露自己不會有孩子的事，結果那名韓醫給父親煎了一帖藥，令人無法置信的是父親吃了藥之後，我竟然就出生了。從那天開始，那位姓崔的韓醫就成了我們家族的名醫。或許他是眞正的名醫也未可知，畢竟折磨我三年多的經痛，他只用一帖藥就完全根絕。

高中一年級時，我從父親那裡聽到我出生的祕密。他還說什麼正因爲好不容易才有了妳，所以是極其寶貝的孩子，但他實際的意圖可能是想規勸不愛讀書的我吧。只是我覺得自己像是不被這個世界所接納。十七歲的我相信，就如同夏娃被蛇纏住，吃了善惡果後，人類的痛苦才由此開始，父親也是被崔醫師給纏住，吃了韓藥，我的痛苦也就此開始。當時我在邑內＊的路口見過崔大叔，他年逾花

＊一九四八年五月十日，韓國南部地區舉行的國會議員選舉，選出了制憲國會的議員。該選舉也被稱爲五·十議會選舉，投票率達到九十五·五%。這是韓國史上第一次以自由民主的方式選出公職人員。

甲，眼睛也差，後來不知是不是吃了他自己調的藥，視力竟然比我還好。他遠遠就看到我，還滿臉笑容地加快腳步向我走來。我根本不想看到把我召喚到這個世界的罪魁禍首，於是加快腳步走進小巷。

後來我才知道，崔大叔只有一個弟弟，因爲母親走得早，他一手帶大的弟弟就像親兒子一般。那個弟弟在父親身邊中彈身亡，臨死前要父親代替自己好好活下去，把這個遺言轉告給崔大叔的人也是我父親。從那天以後，父親就代替了他死去的弟弟。因此，要是那個弟弟還活著，我就會是他疼愛有加、不時發點零用錢的侄女。我當時故意不理會崔大叔，直到長大了才覺得過意不去。但那時崔大叔已經不在這個世界上了。也許人總在不知不覺間，帶給別人永遠無法彌補的心靈創傷，他不會是唯一一個。人類就是如此愚昧，我的父親也不例外。

一九八二年五月十五日，在外地上學的我因爲那天是週末，就回家一趟。吃晚飯的時候，電視正在播放韓國小姐選美比賽。父親和我很快就吃完，胃不好的母親每吃一口就會數著嚼一百下。父親對黑白畫面中年輕、漂亮的女人毫不在意，只就著昏暗的日光燈專心看報紙。數著數吃飯的母親似乎很羨慕電視螢幕中的女人。

「哎呀，我們家鵝異也可以去參加這個比賽啊。」

鵝異是我的名字，好像小狗的名字一樣。這名字是取自於父親曾經活動過的白鵝山的「鵝」、母親曾活動過的智異山的「異」。拜這名字所賜，我經歷了無數的風風雨雨（事實上，父親主要活動的地方不在白鵝山，是白雲山。之所以選白鵝山是因爲，白雲山的「白」或「雲」都不適合作爲女孩的名字，所以無論我本人有多支持男女平等，卻因爲生在半封建時代，終究難逃父權陰影，甚至還體現了半封建的思維。）不管是在學校還是跑政府機關辦事，只要提到我的名字高鵝異，大家都會說：「哎呀，名字眞好聽，容貌也……」在看了我一眼之後，就略過不說了。我的肩膀十分厚實，擁有似乎能扳倒牛的壯碩體魄，很符合革命鬥士熱血兒女的身分，但實在難以跟「鵝異」如此女性化的名字聯想在一起。如果是常見的京淑或惠淑這種名字，就不必承受對方驚慌和侮辱的瞬間。多虧了想要紀念自己青春歲月的父母，我活著就不得不忍受這些。

總之，我把母親希望我參加韓國小姐選美的話當作耳邊風，畢竟我年紀再怎

＊韓國的行政單位，層級類似於臺灣的鄉鎮。

麼小，也沒有傻到那種程度。偏偏看報紙的父親大聲咂舌說道：

「嘖！妳這是在哄騙孩子嗎？」

這話激發了我的好奇心。我相當冷靜，知道自己並不漂亮。父母從小也沒給我買過什麼顏色鮮豔的衣服，他們相信只要有一件衣服替換就夠了。父親從監獄出來後，接收了首爾親戚們扔掉不要的衣服，所以連工作時也只有襯衫和西裝褲可穿。他身穿褪色發黃白襯衫撿栗子的模樣，我至今仍是歷歷在目。

雖然沒有刻意模仿父母，但是看著他們模樣長大的我也差不多一個樣。這也意味著我對外貌毫不在意，但是聽父親那麼一說，我突然對自己的外貌好奇起來，於是問父親：「那我的外貌算是什麼等級呢？」

父親像電視螢幕中的評審委員一樣，不知道應該先看哪裡，於是用冷靜的眼神慢慢地、帶點緊張地打量我，彷彿我真的參加了韓國小姐選美一樣。然後他咂著舌頭把視線轉向報紙。

「嘖！應該是丙上吧。」

丙上？也就是在甲、乙、丙三等裡頭，再分上、中、下三級，如果這樣分成九級，那我的水準是在七級。和父親長得一模一樣的我想了想，他無論再怎麼客觀，好歹我也是他女兒，肯定會暗地裡擡高一級。那麼客觀來說，我的外貌是在九等級中的倒數第二級。

父親眞不該那麼說的，不是有句話說「一句美言能抵千兩債」嗎？女人爲什麼化妝？爲什麼會有「人要衣裝」這句話？父親能說的話很多，但就是不該說出會在女兒胸口釘上釘子的話。

在父親冷酷的評價之後，我對自己的外貌算是徹底放棄了（其實原本對這塊也沒多大興趣。）直到三十三歲爲止，別說化彩妝，我連基礎化妝都省略。朋友們可能會以爲是因爲我沒錢，但實際上是我信了父親的話，覺得丙上的容貌再怎麼化妝也好不到哪去，難道在南瓜上劃線就會變成西瓜嗎？如果有錢買化妝品，還不如去喝酒呢。我就是抱著這樣的心態過日子。

坦白說，我也沒因爲父親對我的評價而受傷，只是覺得大概就那樣了。儘管如此，父親的話卻始終縈繞在我腦海。因爲在那一天父親和我好像錯過了什麼，也許是對生活非常重要的事情，所以我感覺有點茫然。至今我也還不知道那是什麼。遺照中，父親依舊是那副「那是妳自己的事，我又沒說什麼」的表情，也或許他只是一直若無其事地裝蒜而已。

★

每個人都有自己的苦衷。

父親有父親的苦衷，我有我的苦衷，小叔也有小叔的苦衷。有些苦衷只有自己知道，還有些苦衷連自己都不知道。帶著這樣的想法，我去拿自己的手機。原本插在插座上充電的手機竟然不見了，我用市內電話撥打我的手機號碼，過了很久，一個年輕男子才接了電話。我明明記得插在哪個插座上的，眞是活見鬼了。

「這支手機是我的，請問您是在哪裡撿到手機的？」

「啊，不是撿到，是我父親拿給我的。」

「您父親的大名是……」

問了以後才明白，他的父親正是民主勞動黨黨員朴東植。從醫院到殯儀館都在一起，似乎誤把我的手機認作是他的，所以拿走了。現在得發訃聞，沒了手機不知道該怎麼辦才好。

「能不能請您的父親接電話？」

「他現在正在睡覺。」

從昨天下午到今天凌晨，他為了辦理醫院手續和處理殯儀館事宜沒能闔眼，應該是很累吧。我覺得應該讓他睡一下，於是拜託年輕人要他父親醒了以後打給我，然後掛斷了電話。

我能想起的電話號碼沒幾個，還好小叔家的號碼二十多年來一直沒換，即便很久沒打，還是記得一清二楚，可能是因為跟我們家以前的電話只有最後一個號碼不同。六點半，嬸嬸應該出去工作了，小叔有很高機率還沒有醒。一生中的一天，唯一的哥哥去世的日子，應該不會因為妨礙他睡懶覺而生氣吧？意外的是，電話一撥過去，小叔就接了起來，聲音清朗，沒有睡意和酒勁。

「我是鵝異，爸爸今天凌晨一點去世了。」一片寂靜。父親雖然是癡呆症病患，但如果不仔細觀察，還不太看得出來，因此算是突然過世。小叔沒有反問到底是怎麼回事，也沒有問死亡的原因。

「現在安置在山林協會的殯儀館。」

這句話我剛說完，小叔就立刻掛斷電話。聽到一輩子的冤家過世的消息，心情會怎麼樣呢？我雖然曾有過似乎全世界都與我為敵的感受，也曾覺得意識形態是我的敵人，但是我還從未把具體的人當作敵人，因此實在很難揣摩那樣的心情。父親是小叔的仇人，小叔還因爲父親的緣故，連小學都沒讀完。其實嚴格來說，也不是因爲父親。麗順事件後，十四聯隊進入智異山，當時的掌權者生怕村民提供游擊隊食物或給予幫助，整個山村都被疏散。而身爲社會主義分子的家人所受的待遇就不只是疏散了，當時上小學的小叔連學校都沒能繼續讀，輾轉流浪於親戚家。這應該歸咎於大環境，而不是父親的錯。但是小叔認爲家破人亡、自己的輟學、爺爺死在軍人手中，全都是父親的錯。

出獄後的父親回到故鄉潘內谷時，小叔連看都不看他一眼，也不跟他說話。但只要一聽說奶奶把地瓜、高粱等我們家沒有種的農作物送往我家，小叔就會咕嘟咕嘟地喝上一大瓶燒酒，喝得爛醉如泥。奶奶不想惹小兒子生氣，但又想拿東西給家裡最有出息、曾當過郡黨委員長，卻因爲大環境不好而差點一輩子在監獄裡腐爛的可憐老二。她總是趁小叔喝醉或去市集的時候，像老鼠一樣偷偷摸摸跑來我們家。從我有記憶開始，奶奶的腰就已經彎成直角。碰到她拿不動的重物，就想方設法在網袋綁上草繩，把東西緊緊繫在腰上，拖著走到我家。由於連一顆牙齒都沒有剩下，奶奶一直是癟嘴。她到我們家後，連腰上的草繩都沒能解開就癱坐在地板，邊撫摸我的頭，邊癟著嘴笑。奶奶的網袋裡有高粱、穀子、地瓜、馬鈴薯，有時還有蝸螺或稻米。奶奶癟著嘴笑時，父親總會勃然大怒。

「如果尚浩知道妳又拿東西來的話怎麼辦？都已經說過幾次了，爲什麼不聽話呢？」

「我是拿來給我寶貝孫女吃的。」

不管父親說什麼，奶奶總是癟嘴笑著摸我的頭。我記憶中的奶奶總是笑著，小叔總是生氣，有很多次還跑到我們家來發火大吵。

一九七四年夏天，也就是我十歲那年，應該是暑假期間。那天是即使母親搧著扇子，汗水也不會蒸發的日子。我們家人因爲受不了酷熱的天氣，蒸了幾個馬鈴薯，裝進籃子裡帶去了橋下。因爲水邊比較涼爽，有橋蔭遮蔽稍稍可以忍受酷暑。全村的人把橋下擠得水泄不通，多虧很早就出門的奶奶拉著母親和我，我們才能在躲開陽光的七點鐘方向占據好位置。雖然當時是男人權威至上的年代，但陰影下還是由孩子和女人占據。韓大叔將身體勉強擠進陰涼處，腿還曝曬在烈日下，他連連搧著扇子，說了一句話：

「美國也相當熱。」

父親爲了想跳進水裡而脫掉衣服，這時他回頭看了一眼，可能是好奇那是什麼意思。

「沒聽說嗎？好像叫碧爾．巴克還是什麼的，那個知名女作家在鏡頭前朝自己的頭開槍，可能是因爲太熱了，所以瘋了。」

老實呆著就沒事了，但無法忍受錯誤的父親立刻就聽懂了珀爾．巴克*是誰。

「胡扯，珀爾．巴克是去年因爲衰老而死的。」

「我也不知道是叫碧爾．巴克還是珀爾．巴克，是聽尙浩說的。」

這麼一回想，那時期還眞是浪漫，一群鄉巴佬的嘴裡，竟然談論起珀爾．巴克的死亡。總之，在奶奶旁邊吃著馬鈴薯的小叔一下子擡起了頭。雖然在陰涼處，我還是能感覺到小叔的臉孔像是剛噴過農藥的辣椒葉一樣閃閃發光。

「我是今天看《朝鮮日報》裡寫的。」

在那個時期，郵差是騎著腳踏車送報紙到潘內谷，而所謂今天看的報紙當然是前一天的。父親唰唰地往水裡走，漫不經心地說了一句：

「應該是看錯了吧？」

父親抓魚的技術還不如他那七歲的侄子，他以生疏的手法拋出漁網，並開始玩起水來。我焦慮地看著小叔咬著嘴唇，把手裡的馬鈴薯扔了出去，開始往家裡跑，沒有再回來。應該是小叔搞錯了，連年紀幼小的我也猜到了。

第二天凌晨，我聽到高喊聲後打開房門，父親像望夫石一樣定坐在地板上，喝醉後搖搖晃晃的小叔指著父親大罵：

「你夠有本事，不就連家都給搞垮了？把家都搞垮的傢伙就老老實實呆著，還想在人前耍帥，幹麼把一個好好的人毀掉變成廢物，你是瘋了嗎？把弟弟害成個廢物，你睡得著覺嗎？」

小叔手裡拿著燒酒瓶，每當他舉起手指著父親鼻子大罵，清澈的燒酒就會嘩啦嘩啦地潑出來。清晨第一縷陽光不知何時灑落到我家的小院子，普照四方的光線映射在酒液上，燒酒瓶身也反射出燦爛光芒，裹住身體已沉浸酒中的小叔。一經那道光線照射，小叔瞬間向後倒成大字形躺在院子裡。

＊Pearl Sydenstricker Buck（1892-1973），美國知名作家，為獲得諾貝爾獎的第一位女作家，臺灣通常翻譯為賽珍珠。

那天我去里長家仔細翻找了《朝鮮日報》，然後在一個小框框裡找到一則短訊。

七月十五日，美國知名主播克莉斯汀・丘巴克（Christine Chubbuck）在節目播出途中掏出手槍射向自己的頭部，自殺身亡。

丘巴克變成了皮爾・巴克，皮爾・巴克又變成珀爾・巴克。雖無法得知小叔究竟一開始說的是丘巴克還是皮爾・巴克，又或是珀爾・巴克，但他擅自添加了著名作家這一句話也是事實，而且不識字的韓大叔不可能知道珀爾・巴克是有名的作家。那麼到頭來讓弟弟指著哥哥鼻子大罵的這個事件究竟算誰的錯呢？那一天，十歲的我皺著眉頭盯著報紙看，認真地陷入了苦惱。

小叔總是這樣，雖然他很認真讀報，卻常常讀錯了什麼，要不就擅自解釋，結果弄得自己狼狽不堪，但他把一切都歸咎於父親。我在讀高中的時候，已經能像父親一樣冷眼看世界，於是我得出一個結論：「老是在怪罪別人的人就是失敗者。」從那之後，我看小叔總是像看動物一樣。雖是血脈相連的親人，但對我來說，他只不過是長期埋怨別人、又比不上別人的失敗者罷了。而且，小叔還長期酗酒。

身爲農夫的小叔往往要到日正當中才勉強撐起宿醉的身體，吃完嬸嬸放在炕上的飯，然後才用比被牽往屠宰場的老黃牛更慢的速度準備外出工作。他的首要必需品不是鐮刀也不是鐵鍬，小叔會先去院子一側的櫃子裡拿出五瓶燒酒裝進背架，這就是他日用的糧食。到達田地的小叔先目測一下當天的工作量，根據工作量，在每條田壟或每兩條田壟前放上一瓶燒酒。相形之下，在那個時間點，嬸嬸正揮汗如雨地耕作只有男人才有辦法種植的水田，而小叔卻爲了喝酒只是摘摘辣椒或割點紫蘇。喝完五瓶燒酒之後，不管當時是幾點，他這天的工作就算結束了。回到家後，小叔的一天才算眞正開始，他會一直喝酒直到倒下爲止。神奇的是，他一喝醉就會睡得很香，只是偶爾會跑來向父親挑釁。無論他有沒有喝醉，除了父親以外，小叔不會找任何人的碴。

向父親挑釁的內容跟前述的事件都大同小異，好比他聽了父親的話種地瓜，結果卻沒有好收成之類的。當然，由於他平時不和父親說話，所以也不能說是聽父親的話種下的。只是父親說服了村子裡的人，小叔又看別人都這麼種，就跟著種。無論如何，如果有好結果他會歸功於自己，結果不好就都怪父親。我一想到小叔這輩子都是這麼活，似乎可以理解電話那頭他沉默無聲的理由。小叔這輩子都像是被哥哥這條韁繩纏住的牛，如今韁繩鬆掉了，他往後要怎麼活下去？他現在應該正把大瓶燒酒灌進自己肚裡吧？惶惶害怕著自己年近七十，卻是第一次面對沒有哥哥的世界，沒有了可以責怪的人。小叔會戰勝恐懼，來到父親的葬禮現場嗎？即使他不來，那個當年呆坐在地板上默默忍受弟弟惡言惡語的父親，也仍會靜靜看著小叔用燒酒撫慰焦灼的心，反覆重提那些他不知道的苦澀人生事。

我看著父親的遺照，他還是一副「那是妳自己的事，我又沒說什麼」那樣裝作不在意的神情，也依舊是漫不經心望著不知何處的何物。是啊，父親的情況是父親的情況，小叔的情況是小叔的情況，但是人不都是努力去了解某人未可知的情況嗎？那麼父親是不是也能裝作不知道，只是逕自看著別處呢？其實我還真希望小叔今天也能像美國知名主播丘巴克死了的那天一樣，喝得醉醺醺的，倒成大字形，而無法前來。

★

智異山沉浸在濃重的雲霧中。等到太陽升起，老姑壇就會從雲霧中湧入眼簾。父親總是不到凌晨四點就醒來。在黎明之前，夜最深最黑暗的時分，父親常在陽臺上抽菸。如果是明亮的大白天，智異山的稜線和老姑壇都能看得一清二楚，但展現在父親眼前的只有無盡的黑暗。我突然想起在沒開燈的陽臺上，父親將白色煙霧吐向黑暗的削瘦背影。雖然對我來說，這畫面的悲壯程度就像父親的一生那樣，都給我留下深刻印象，但父親的表情卻是一如既往地平淡。

我記得父親向來都是如此，連比柳寬順姊姊＊早兩年出生的奶奶在一九九一年去世時，他也是這副模樣。無論是跟在前往墓地的棺木後面，還是整理遺物時，

＊조우성（1902-1920），梨花學堂學生、韓國獨立運動烈士。投身獨立運動後，她被捕遭到拷打虐待，死時年僅十七歲。

或是在遺物中發現奶奶爲免損壞而縫在布條上的父親小學畢業照時，父親都像是跟住樓上樓下的老奶奶打招呼一樣淡然。父親年輕時目睹了難以計數的死亡。「結束補給戰鬥回到祕密基地時，發現同志們頭被砍、屍體四散……」父親用不知投向哪裡的目光平靜地敘述。米蘭・昆德拉雖然說夢想永恆存在是藝術的宿命，但對父親而言，平靜地接受消失才是人類的宿命。不追求個人的不朽，而是以歷史的進步作爲人類唯一能夠對抗消失的武器。

勞動節的清晨，智異山如常安靜肅立，那個看著我成長、在這山裡度過青春歲月的父親已不在人世。七點，故鄉潘內谷的親戚應該早已起床，前去巡看農田了。我無法判斷何時打電話才不失禮，但在飯前開始發訃聞似乎是不太禮貌的。

西施川邊，霧氣消散的雙線道路出現了灰撲撲的人影，是父親那一輩的老人。我還沒向任何人傳達訃聞，這人卻一步步向我走來。這裡是求禮郡，有時鄉民之間的傳話比電話還快。黎明時分，身穿黑色西裝的他進入殯儀館。因脊椎狹窄症而行動遲緩的母親扶著奠儀箱艱難地站了起來。

「您是怎麼知道的，這麼早就來了？」

「昨天晚上我看到尚旭被擡上救護車。」雖然突然失去了故友，但他的表情也像平時的父親一樣淡然。他在好友遺照前以熟練的動作行了兩次禮，我生平第一次當了喪主，趕忙向他回禮。

雖然他沒有說自己的姓名，但我一下子就認出他是誰——朴韓宇先生。朴先生是中央國民學校第三十五屆畢業生，跟父親是同學。第三十五屆畢業生之間的友情相當深厚，有一位經營鐘錶行的畢業生就把商號取名為「三五鐘錶行」，還把店鋪當成第三十五屆同學會的辦公室。父親只要一有空就會去同學會的辦公室，雖然每個人都處得很好，但其中跟父親最要好的就數朴先生。

每天凌晨四點，津津有味地抽完菸的父親不管是下暴雨還是暴雪，都會騎著腳踏車出門。父親要去的地方是報紙發行所，這家發行所同時提供《韓民族新聞》和《朝鮮日報》。凌晨四點剛過不久，父親就像回自己家一樣進入發行所，和送報生一起將各種傳單夾在報紙中間。工作快做完時，朴先生總會準時出現。

「也不早點來幫忙，事情都忙完了才來。」

「你以為我跟你一樣？我好歹也是長期訂閱者，我可是花錢買報紙看的。」

父親幫忙做事的代價是可以免費拿到一份報紙，朴先生也知道這個事情。

「你一大早不老老實實待在溫暖的家，這麼大老遠地頂著風跑來幹麼呢？你這老傢伙，當心中風啊！」

朴先生其實也跟父親一樣勤快，一大清早就起床了。由於漫長的早晨實在無聊，加上既可以先拿到訂閱的報紙，又可以見到莫逆之交，於是便一早就跑來報紙發行所。父親搶走朴先生訂閱的《朝鮮日報》，很快地看了一眼，然後把報紙扔回去。

「幹麼花錢買這種反動報刊？趁這次機會，還是快換成訂閱《韓民族新聞》吧！以前當那什麼教官，老是妨礙民族統一，現在你應該懂事一點了吧？」

「要換你自己換。要是讓別人知道你這個赤色分子還在看左派報紙的話，小心被抓！」

兩個老人每天早晨吵吵鬧鬧的，就這樣度過晚年。拿著報紙回家的父親在母親和我面前罵朴先生，說他這個一輩子當教官的傢伙只會看《朝鮮日報》，由於是耳朵聽到長繭的老話，所以有一天我聽煩了就問他：

「想法不同的話就別見面啊，又不是小孩子，每天吵架，那為什麼還每天都玩在一起？」

父親照常坐在炕頭上，打開報紙說道：

「雖然如此，但他還是所有人當中最好的。」

對於父親來說，思想可以跟人分開來看，以前他也說過類似的話。在光州監獄一起服刑的一名同志是大地主的兒子，總是有外面的人送豐盛的食物來給他，那傢伙把東西藏在廁所，像豬一樣自己一個人獨享。父親一直罵他算不上是個眞正的革命家。

「耶和華見證人的信徒被關在同一間牢房裡，那人就絕不會自己獨享，一定會分給那些沒有會客來的窮光蛋，每一個信徒都一樣。看來宗教比意識型態更加高尚吧？」

雖然思想理念不同，但兩人卻很合得來，雖然像一起生活了很久的夫婦一樣吵鬧不休，卻大大豐富了父親晚年的生活。朴先生結束致意後坐在桌前，雖然通過兩、三次電話，但這樣面對面還是第一次。我和父親一樣，甚至比朴先生的子女更了解他極爲艱難的往事。

朴先生的哥哥是父親游擊隊的同志，死在智異山。兩個姊姊也在智異山死去，連屍體都沒找到。在首爾讀高中，後來被學生兵帶走的朴先生偏偏是隸屬於首都師團，一九五一年冬天他被派遣到智異山討伐。也許是命運的捉弄，曾隸屬於全南道黨的父親也轉而隸屬於南部軍。

那個冬天，熬過首都師團一波激烈攻擊後父親倖存下來，次年春天又在碧宵嶺附近的竹林找到幾個美軍戰鬥部隊的糧食箱子。東西並不是父親直接發現的，是一名隊員看到後興奮地拿來。箱子裡裝了朴先生用塑膠布包了幾層的手寫信。

信宇哥、寶禮姊、寶熙姊、尚旭：

每次開槍，我的手都在發抖，扣不下扳機。雖然把槍口對準天空，但萬一運氣不好，說不定還是會有人被我的子彈射死。我天天祈禱，不會有任何人被我的子彈打死。你們千萬要活著回來，活著，一定要活著，我們才能再見面。

不幸的是，只有父親活下來，再次見到了朴先生。朴先生懷著自己的子彈可能殺死了哥哥、姊姊和朋友的自責感，長期在軍隊裡服務。父親不太能理解他還繼續待在與游擊隊兄弟姊妹對立的陣營是什麼心態。後來朴先生又被編入預備隊，以無所事事的教官身分，度過了漫長歲月。

「為什麼你要在軍事獨裁政權下當教官？你死去的哥哥知道的話，會氣到從墳墓裡爬出來。」

心裡藏不住話的父親每次見面時都會罵他，有一天朴先生突然流著淚說：

「尙旭啊，你知不知道茫然這兩個字是什麼意思？」

父親啞口無言，朴先生流下了茫然的眼淚。「喝下的燒酒好像都成了眼淚。」

生平第一次喝醉的父親搖搖晃晃地靠著我的身體說了這句話，那是在我高二的冬天發生的事。對於懷著自己可能親手殺了兄弟的自責度過一生的人來說，「茫然」意味著什麼呢？這個提問刻畫在十七歲稚嫩感性上的思想紋路，經過歲月的更迭後變得更加清晰。我偶爾會想起「茫然」這兩個字。只是到現在我還不知道朴先生為什麼說那樣的話，只是知道他茫然地度過餘生。而這位我從未見過的父親好友的茫然人生，突然在我人生中泛起漣漪。

由於不知朴先生的喜好，我各拿了一瓶礦泉水、汽水和可樂放在桌子上。他手裡拿著杯子，卻什麼也沒有喝。

「我等一下會再來，我還沒告訴其他人。告訴他們之後……再一起……過來。」

「一起」「過來」，話語之間的短暫沉默，在我的心中停頓。不知道這些話是不是暗含了一個男人度過茫然歲月的悲傷。今早他也去報紙發行所了嗎？見到昨天爲止還互相說笑的朋友沒有來，他是否仍拿了一份《朝鮮日報》回家？我突然好奇，朴先生爲什麼一輩子都訂閱《朝鮮日報》？是他眞心喜歡，還是一種防禦心理？我無法得知。

我也沒有問，只是默默送走了朴先生。揮手要我進去的他突然停了下來，從口袋裡掏出信封。

「差點忘了，我是要來把這個拿給妳的。雖說年紀大了，但又不是得了老年癡呆症，怎麼老是忘東忘西？」

我不好意思直接接過奠儀，尷尬地站著，他遞給我信封之後便轉身離去。每回去別人的告別式，我都一直想，到底要包多少才能清楚呈現我們之間的關係？我會偷偷地打聽別人包多少錢，如果是普通交情，就是這個數字；如果更有心的話，就再多幾萬韓元；如果是這輩子還會一直見的人，要再多包一些，讓他放在心上，永遠難忘。這就是我的方式。

在朴先生的身影消失之後我打開信封，因爲太好奇對朴先生而言，父親是什麼樣的存在。一個五百韓元的硬幣滾了出來，這不是包奠儀的信封。

總計十七萬五百元。

底下還有小字寫著，

四月二十五日，四千元（燒酒一瓶，愛喜菸一包）。
四月二十六日，四千元（燒酒一瓶，愛喜菸一包）。
四月二十七日，四千元（燒酒一瓶，愛喜菸一包）。
四月二十八日，四千元（燒酒一瓶，愛喜菸一包）。
四月二十九日，四千元（燒酒一瓶，愛喜菸一包）。
四月三十日，九千五百元（餐費四千元，兩份餐共計八千元，燒酒一瓶一千五百元）。

詳細記載了支出明細，以及不久前我匯給父親二十萬韓元的消費餘額。

★

四月二十四日，也就是八天前，父親打來了電話。他先打給我的情況，一輩子加起來還不到十次，最後三次是集中在罹患老年癡呆症後的一年之內。父親向來說話直截了當，即使得了癡呆症，也還是直截了當。一年多前，我接到久未聯絡的父親打來的電話，才知道他得了癡呆症。一接起電話，父親就不由分說地問：

「妳情況怎麼樣？」

「怎麼了？」

「我的意思是，妳還好吧？」

「嗯。」

我不會說自己的情況不好，是社會主義者的父母把我教成這樣。小時候即使被石頭絆倒，父母也不會來扶起年幼的我；膝蓋擦破、流血，他們眼睛連眨也不會多眨一下。我自己哭一會兒之後，就也無可奈何地拍拍身體，站了起來。如此長大的我從未在任何人面前說過自己日子很辛苦之類的話，也沒哭過，這就是游擊隊員女兒的特質。

「妳能寄點錢給我嗎？」

父親在罹患癡呆症之前，絕不會對我說這種話。雖然沒人說他得了癡呆症，但是在那一瞬間，我比醫生更清楚地確定父親是得了癡呆症。因爲要是沒得癡呆症，哪怕他咬舌自盡，也不會這樣拜託我。兩個月後，母親來電告知父親罹患癡呆症時，我之所以沒有感到驚訝，是因爲早在那天我就已經知道他不對勁。

「要多少錢？」

如果是三千萬或兩千萬韓元也就罷了。眞是那樣的數字，我雖然只擁有小套房水準的便宜公寓，但賣掉的話，也能籌到錢。我就像其他女兒一樣，內心不住地湧出抱怨和擔心，誰知父親竟說：

「只要三萬韓元就行了。」

不知是否他這一生從未花過比這更大的金額，抑或是罹患癡呆症後，對女兒的生活充滿憂慮不安？總之，父親生平第一次向女兒要錢，居然只要三萬韓元。無論是對子女、對他人，都絕不肯欠人情的父親，竟然只爲區區三萬韓元，打破了他這一生始終持守的原則，這就是老革命家的卑微現實。我匯了三十萬韓元給他，這也是游擊隊員女兒的卑微現實——在各個大學流浪講課的女兒，境況實在沒有比那個老革命家爸爸好到哪裡去。

隔天母親給我打了電話。

「喂，妳說實話，錢是不是妳匯的？」

從誰都不知道父親罹患老年癡呆症的時候開始，母親就獨自一人憂心忡忡，每天翻找父親的衣服，誰知道居然給她在錢包裡找出二十九萬七千五百韓元的巨款。父親雖然狡辯說是跟朴先生借的，但母親的鼻子何其靈敏，一下就想通緣由，給我打了電話。她在我小時候也總是能揭穿我的謊話，所以我乾脆直接招認。

「嗯。」

「妳爸爸已經跟以前不一樣了，我老擔心他這個精神錯亂的人會去哪裡偷錢，真是嚇了我一大跳。妳以後別再匯錢給他，他把妳好不容易賺來的血汗錢全拿去買菸、買酒，都亂花掉了。」

直到幾年前，父親還是求禮邑內第一棟高層電梯大樓的管理員，工作二十四小時之後，隔天休息一天，他每個月的薪水是五十萬韓元。我雖然老是抱怨自己是流浪講師，但我的勞動所得比父親的勞動價格高了許多。

「我雖然明白妳的心意，但妳匯給他的錢都會變成毒藥，所以不要再給他錢了。一個號稱革命家的人連一瓶酒、一包菸都買不起，這像話嗎？妳父親呀，他的人生好像白活了。我因爲妳父親，可能也活不了多久。」

我當下聽了就心裡暗笑，什麼活不了多久。那時我想的是，我父母一生下來就註定是福氣滿滿，一定能活得長長久久。父母談話中提到的人多半很久以前就死在智異山裡，而且我父母是麗水順天事件發生後進入山裡的舊游擊隊員，那群人當中還活著的屈指可數。由此可見他們多麼有福氣。如果上天給我選擇，是要窮苦一生但是能活很久，還是要擁有很多錢卻是早死，那我一定會毫不猶豫選擇後者。我一面這樣想，一面把母親的叮囑當成耳邊風。

在那之後，父親又給我打了兩、三次電話，要我匯錢。金額總是不超過三萬韓元，而我總是匯三十萬韓元給他，但沒過兩天就被媽媽發現。父親最後一次打電話來是在四月二十四日，跟之前一樣，也是要我匯三萬韓元給他。掛斷電話後，我就打電話到父親每天去消磨時間的三五鐘錶行，是朴先生接的電話，就算不是他接，我也會請人讓朴先生來接。

「您知道我父親有點古怪吧？」

我詢問的時候，朴先生沒有回答。我沒時間等待一輩子茫然活著的朴先生回答，所以我說了自己想說的話。

「因爲他馬上就會忘記，所以好像菸抽得比平時多、酒也喝得更多。我母親爲了不讓他抽菸、喝酒，一分錢都不給他。精神沒問題的時候，他都難以忍受了，現在怎麼能忍得了？對不起，我可否把錢寄給您，您就假裝借他錢，每天只給他一萬韓元，好嗎？」

「好吧。」

就這麼結束了對話，我也立即匯了二十萬韓元給他。我沒想過爲什麼不像平時給爸爸那樣匯三十萬元給他，但現在看到朴先生的信，我才想起來自己和平時不同，就只匯了二十萬。其實也沒什麼好細想的，可能是因爲請別人幫忙保管錢，狡猾的我直覺認爲每次只給一點，然後經常給，這種做法會比較安全。十七萬五百元，信封上朴先生端正的字跡像是在嘲笑我。

看吧，臭丫頭，這人很値得妳信任呀？

遺照中的父親似乎也在嘲笑我。父親總是相信他人，連幫一個遠房親戚做擔保，那人後來一聲不吭、半夜逃走，父親也從沒埋怨過她。

很久以前，父親打電話給我，也是一貫直截了當地說他要說的事情。

「什麼時候回來？」

他說什麼時候回來，意思就是有事要我回家一趟。

「我明天回去。」

「幾點出發？。」

「我會在兩點左右到家。」

「我兩點在農會等妳。」

我急急忙忙趕到了農會，父親卻以像是要我去辦存款似的淡然口氣說：

「妳得替我作保。」

「需要錢嗎？多少？」

「我哪裡需要錢？妳知道住在樓下的龍植吧？龍植死了，他老婆說要開一家餐廳養孩子，所以讓我當擔保人，我就答應了，結果餐廳倒閉，她也跑了。」

其餘的話不用聽也夠清楚了，父親應該是承擔了這筆債務。這種事也不是第一次，我辛辛苦苦工作，好不容易存了點錢，父親就會出事，最主要的問題就是作保。儘管如此，父親還是一個人扛了很多債務。不過這是他頭一次把債務推到我身上，這是因爲父親年紀太大，無法再跟銀行延展。第二天早上，母親在父親的褲子口袋裡找到了銀行資料，流著眼淚、鼻涕嘆息道：

「哎呀，我們都已經沒有遺產可以留給女兒了，現在倒好，你還留一堆債務給她。你是她父親，到底爲她做了什麼？竟然讓她去擔保？你馬上去找出那個賤女人。」

賤女人？母親雖然只有小學畢業，但在求禮郡，像母親一樣知性的人並不多見。她不僅文靜、溫柔，而且眼神深邃，談吐有教養，憑她的氣質即便說她是法官、檢察官、作家也不爲過。因爲母親的生活總是離不開書籍，有不少人誤以爲她是校長。每天早晨來接我一起上學的小學學長，他初戀的對象也是母親。

我誤會了學長無論下雨還是下雪天都會來接我的赤誠之心，堅信他的初戀對象是我，甚至在大學期間還一直躲著那個不知歲月流逝，持續連絡我的學長，心裡暗暗嘲笑他都成了大學生，依然忘不了我這個初戀情人。直到不久前，時隔十幾年才連絡上的學長突然問我：

「妳媽媽過得好嗎？還是那麼漂亮嗎？妳媽媽以前眞是美……完全是我的夢中情人。」

所以那個學長老往我家跑不是為我，而是為了母親。真該死！情敵這兩個字用在這裡也許不太合適，但怎麼會不是我，而是我母親呢？也許我的人生是從那時開始像麥芽糖條一樣扭曲了。其實母親目不識丁，「知性」只是將母親當初戀對象的學長自己貿然的想像。

因優雅知性而成為少年夢中情人的母親，竟為了一千兩百萬韓元的緣故，嘴裡冒出「賤女人」這個詞。拿血緣之情來解析母親的這番狂躁，可以說明意識形態這東西在金錢和母愛之前確實是無用的。必須償還一千兩百萬韓元擔保債務的我當場把日後還錢的擔憂拋在腦後，開始默默注視、冷靜分析起老革命家母親的謾罵。

不管母親嘮叨與否，一直把視線固定在晨間新聞的父親終於把遙控器放在地上，突然站了起來。

「吵死了！她要不是被逼得沒辦法了，怎麼會半夜逃走？她要是有能力，怎麼會不還錢？怎麼會連娘家都不連絡？」

聽到父親的話，母親流下了傷心的眼淚。

「你這麼能體諒別人，為什麼對自己老婆的情況視而不見？我一天到晚全身痠痛，還得做飯給你吃，連覺都睡不好，你要是有那個錢，就應該讓我去醫院治病啊！」

父親的眼神我到現在還忘不了，他用冰冷的眼神瞪著母親，低聲但堅決地說：「妳是爲了自己吃好、睡好，才到智異山上吃苦嗎？妳到底是爲了什麼而賭上自己的性命？」

就像女攤販在我家過夜的那晚一樣，母親似乎要流一整天的眼淚竟唰一下子就停止了。從那天以後，母親再也沒有提過擔保債務的事情。父親年過七旬，就靠著幫別人種栗子，每年還了幾十萬韓元的債。而那筆債還剩下大半，似乎就要像母親所擔心的那樣，成爲我的債務。連長相都已模糊的遠房親戚，讓年過七旬的父親辛苦掙錢幫忙還債，她是不是應該流下比別人更滾燙的一滴淚？與父親不同，我不怎麼相信別人，但這樣的我也許更不可靠。當瘦巴巴的父親吃著鹹菜湯時，那女人正用父親的錢大吃五花肉——我覺得這個可能性還更高一點。

我茫然地看著裝有十七萬五百韓元的信封。一瓶燒酒加一包愛喜香菸，總共四千元，這是肯爲別人付一千兩百萬韓元的父親每天花在自己身上的錢。

最後一天，父親的支出超過平常的標準。四月三十日，九千五百韓元（餐費四千元，兩份餐共計八千元，燒酒一瓶一千五百元）。生命的最後一天，父親和某個人一起享受了價值四千韓元的最後一頓晚餐。應該是點了大醬湯，對方十之八九是朴先生。靠著教官退休年金度日，過得還算不錯的朴先生應該會加以拒絕，但父親即使欠債、貧窮，還得了癡呆症，也依舊不改其個性，肯定是豪爽地掏出一張一萬韓元的紙鈔買單。

「茫然」，我好像終於能理解那兩個字的意思了。

★

川邊道路霧氣消散，如夢醒一般，剛才瀰漫的霧氣瞬間消失得無影無蹤。也許是因爲大霧潮濕，早晨的陽光格外燦爛。兩個老人出現在陽光明媚的柏油路上，一個是剛剛才回去的朴先生，而他身旁的駝背老太婆可能是經常進出三五鐘錶行的老同學。他剛剛說要和別人一起過來，才走不久就跟那老太婆一起走了回來。

老太婆面無表情地往奠儀箱裡放入白包後，進行了弔唁。不知道是因爲父親的去世，還是因爲殯儀館黃社長令人悲痛的故事，哭得筋疲力盡的母親正在喪主休息室休息。說不定整個喪禮期間母親會一直待在休息室裡也未可知。患有脊椎狹窄症的母親如果每次有人來都回禮的話，說不定會隨著父親一起走了。代替母親行跪拜禮的我，是這場葬禮上唯一的喪主，因爲父親用韓藥暫時復活的精子後來再也沒有回生。

老太婆用粗糙的手握住我的手。她當年如果能從小學畢業，應該就算是知識分子，但從她的雙手來看，不像是過著舒適生活的人，甚至比母親過去務農時的皮膚還要粗糙。在沒有事先得到允許的情況下，她猛地握住我的手，讓我感到有些壓力。一想到在葬禮期間手要給人緊握很多次，我就一陣頭暈目眩，眞想像狗一樣標示出自己的領域。

「怕別人不承認他是三秒老頭，連過世也這麼急匆匆的。」

三秒老頭？雖然衣著簡陋，但老太婆很能察言觀色。

「喝一杯燒酒只需要三秒，所以叫他三秒老頭。三秒老頭來到店裡也不坐下，自己打開冰箱的門，拿出一瓶燒酒，倒進杯子裡，一口就乾掉了。」

旁邊的朴先生點點頭，補充說道：

「這位是三五鐘錶行隔壁的老闆娘，我在路上遇到她，她說自己一個人來不好意思，所以我就陪她來了。」

所謂鐘錶行隔壁的小酒館，就只是擺著兩張圓圓的水泥桌，讓沒事幹的老頭們喝一杯酒，兼賣湯飯的地方。還好我沒有去告訴母親，只要是賣酒的女人，母親就非常討厭，這主要也是因爲我的緣故。

在我小的時候，無論父親去哪裡，總會帶著我。有市集的時候，還會帶我去五岔路口河東家。雖然那是間小酒館，連店名都沒有，但由於老闆娘是河東人，所以大家就稱呼那間店爲河東家。在那裡，父親連大白天裡沒下酒菜的情況也會和朋友們喝酒。父親讓我坐在他的膝蓋上，邊喝酒邊一直搖晃著腿。因爲像盪鞦韆一樣晃來晃去，所以我覺得很有意思。我就那樣坐在父親的膝蓋上，吃著河東大媽給的零食，不知天高地厚地加入大人們的酒局。我還模仿大人喝酒，聒噪得一點都不像小孩子。

有一天，全身堆積厚重的肥肉、個子高大的河東大媽非常不自然地扭動身軀，發出鼻音。

「怎麼這麼久沒來，我還以爲永遠見不到你了。」

「什麼呀？講那什麼話？我可是對妳一片癡心啊！」

父親開玩笑地拍了拍河東大媽的屁股。瞬間，從他膝上跳下來的我拉住了父親的手。五歲的我太過固執，父親連一杯酒都沒喝到，就把他拉了出來。我用眼睛瞪著河東家，直到看不見爲止。從那天以後，只要我在父親的身邊，他就連五岔路口那個方向都不能去。

雖然才五歲，但內心驚惶的我沒告訴母親父親拍了河東大媽屁股的事。對父親來說，也許拍拍其他女人的屁股沒什麼大不了。甚至只要父親想去邑內，母親就會開玩笑說他是不是要去摸河東大媽的屁股？每當此時，我總會死命地抓住父親的褲腳不放。從那時候起，我沒再見過河東大媽，但父親應該還見過，只是他再也沒有帶我去酒館。

明明是區區小事，我卻久久沒能忘記。我所不知道的父親，不是革命家那一面的父親，年幼的我在那裡發現了父親與別的男人沒什麼兩樣的行爲。年紀大了以後，我每次路過河東家，都會撇開頭，故意不理睬她。我迴避的不是河東大媽，而是隱藏在偉大革命家外殼中的男性慾望。當父親在監獄裡，我相信父親是一位爲了正義而拚命的偉大革命家。不，是我只能那樣相信。只有這樣，我才不會放棄關在監獄裡的父親。

「哎呀，大嫂來了？」

剛剛說還在睡覺的朴東植不知不覺間出現，並坐在老婦人身邊。他摟著老婦的肩膀，就像對待親密的姊姊一樣。他問我：

「妹妹，妳打過招呼了嗎？這位是妳父親最後一個情人。」

「哎呦喂呀！開這麼無聊的玩笑，要眞是誤會了可怎麼辦……」

老太婆像害羞的年輕女孩一樣扭著身子，掙脫東植的懷抱。什麼誤會？絕對不是，她是很典型的人民群眾模樣，所以會不會她眞是父親的理想型？我默默地看著他們開玩笑。

「都已經朝夕相處了還不叫情人，那怎樣才叫情人？。」

「他是快把我們家的門檻踩穿了沒錯，但他不是來看我，是來喝燒酒的。」

這兩人完全不顧我的心情，像張笑八和高春子＊說相聲一樣聊著。

「昨天還剩下半瓶燒酒，現在應該冰在冰箱裡……他以後再也不能來了。他眞的很喜歡喝酒……每天一定要喝三瓶。」

父親每天喝酒，是從按照《新農民》的指示照書種田時期開始的。父親生在鄉下，但從未下田務農過。雖然爲了創造讓勞動者和農民成爲主人的世界而奮鬥，但自己卻離勞動非常遙遠。對父親來說，勞動比革命更痛苦。不怕凍死、餓死、中槍而死危險的退休游擊隊員，竟然無法忍受在辣椒田裡待上兩個小時，每次都受不了跑回家，用啤酒杯喝乾燒酒，那時我都會在內心嘲笑他，並思考關於革命家與忍耐的關係。我在高中時期得到的結論是，懂得忍耐的人不會成爲革命家。

無論是痛苦、悲傷，還是憤怒，擅於忍耐的人不會爭鬥，只會堅持下去。無法忍受的人則會起身，有人成爲打架的人，有人成爲革命家。父親是個不太能忍耐的人，無法忍受親日派在祖國解放之後得勢，也無法忍受與不相愛的女人結婚的封建思想，更無法忍受支配階層的橫行霸道。當然，他也忍受不了兩個小時的勞動。但是眼看要凍死的痛苦、即將餓死的痛苦，乃至於一起度過生死關頭的同志在身邊死去的痛苦，他又是如何承受下來呢？可能是因爲對信念的堅持，也可能是因爲認知到即便下山，等在眼前的也只有死亡這一極其絕望的現實。

當我用冷靜的視線分析喝酒的父親時，他讀完了報紙的一頁，好不容易擡起屁股回到不熟悉的勞動中。看來酒是一種可以延長辛苦勞動的止痛藥。雖然每天堅持喝三瓶燒酒，但父親不僅沒有酒精中毒，他甚至連酒鬼都不是。他只是耐心地坐下來，允許酒精吞噬自己的靈魂，而要像是小叔那種程度，才能稱得上是酒精中毒。父親只是三秒老頭，像吞止痛藥一樣把酒灌進喉嚨裡。

「他何止喜歡喝酒而已，他還喜歡女人呢，這個妳不知道吧？」

＊張笑八（本名張世健，1923-2002）和高春子（本名高任得，1922-1995），是韓國近代史上著名的相聲演員。

東植看著我眨了眨眼，好似在說我所不知道的父親另一面，他都知道，兩人聊起男人共享的祕密就像看著煙火一樣興奮。我雖然很想把他拉出去，就像把父親從河東家拉出來一樣，但在父親葬禮這個場合上，我就只能面無笑容，嚴肅地瞪著東植，讓自己消氣。當然，不會察言觀色的東植沒能看透我眼神的意義。老太婆好像也知道那個祕密一樣，和東植交換了眼神，接著說道：

「這麼多酒當中，他也只喜歡喝燒酒。啤酒則是連看都不看，說爲什麼要喝洋鬼子的酒。有一次他拿了一瓶洋酒來，問說能不能換燒酒，就是那個朴正熙總統喝過的酒。」

父親拿去小酒館換燒酒的那瓶起瓦士十八年威士忌是我送他的。只要是威士忌我就會饞得發瘋，那一個月我一直咂著嘴，像侍奉主人一樣精心侍奉那瓶洋酒。而帶回去送父親的理由是，父親雖然那麼喜歡喝酒，但一輩子喝的也只是米酒和燒酒，看他過這樣的人生實在令我惋惜。可是父親竟然連那瓶酒的味道都沒嘗過就拿去換燒酒，我忍不住發脾氣說想要一打燒酒我可以買給他，別老是擺一副窮酸樣，絕對要嘗嘗洋酒的味道，結果父親竟然也鬧起脾氣。

「酒不都是一樣，難道洋鬼子的酒還鑲著金子？」

是不是鑲金子我不確定，但我喜歡威士忌。我在三十多歲的時候還不喜歡喝酒，燒酒太苦，米酒則是在大一新生時喝了兩杯，結果斷片失去記憶後再也沒有喝過。高粱酒香讓我覺得反胃，啤酒則太涼，喝一杯就拉肚子。三十多歲的時候，因爲朋友搬家請客，我第一次喝了威士忌。橡木香很甜，嚥下去的感覺十分迷人。要不是喝過威士忌，我永遠都會以爲自己是個滴酒不沾的人。所謂界線就是如此，父親仍然在與解放前後的界線作鬥爭，在此期間，世界早就已經超越了界線。

「嗯！你先別管是不是鑲了金子，你嘗了味道再說。」

「不就是送我一瓶洋酒，以爲自己很了不起啦？」

父親從座位上站起身來，這是他非常生氣的表現。

大概是在幾年後，就業的學生送給我三十二年的皇家禮炮當禮物。這是我從未喝過的高價威士忌，因爲怕摔碎，所以還用氣墊捲了好幾層，以快遞寄給父親，結果他說的話讓我大開眼界。

「哎呀，妳那什麼洋酒根本沒人看過，幹麼還寄給我？連燒酒都不給換。」

來到殯儀館，談論什麼三秒老頭的這個酒館老闆娘應該就是沒有把三十二年的皇家禮炮換成一打燒酒的罪魁禍首。鄉下人可能還知道起瓦士，卻不知道皇家禮炮，應該是因爲朴正熙沒有喝皇家禮炮所致。一九六一到一九七九年間，作爲最高權力者的他也只喝了起瓦士，還不知是十二年還是十八年的，而現在一般人都已經能在免稅店買到三十年的百齡罈。

「哎呀，嫂子妳只知其一不知其二。他也很喜歡喝洋酒，就像喝燒酒一樣，一口就是一杯，眞是好漢中的好漢。」

這我還是頭一次聽說。難道是因爲擔心我這個流浪講師收入少，讓我別亂花辛辛苦苦賺來的錢買洋酒給他才拒絕我？還是覺得燒酒和威士忌都是止痛藥，量多的最好？又或者只是在男人面前虛張聲勢？不管是以前還是現在，我都難以知道父親的內心想法。

這三個人正在重溫我所不知道的父親日常生活。我站起身來，說要去一趟殯儀館辦公室。父親的晚年和他們分享時間與心靈，但從遠一點的地方望去，他們只是寒酸的老人而已。我很難想像被稱爲三秒老頭的父親和他們面對面交談的模樣，我所熟悉的父親在家裡也總是談論人民百姓，因爲話題過於嚴肅，有時反而覺得很滑稽。他的內心深處始終藏著一個在智異山和白雲山間穿梭的革命分子。

我準備穿上殯儀館拖鞋的那一瞬間，東植追了出來，並且遞給我手機。

「我們家孩子把訃聞都發到妳手機裡儲存的號碼了，不用再另外發了。」

也就是說，他明明知道是我的手機，還故意拿走了。不知道該謝謝他減輕我的負擔，還是該質問他爲什麼做了沒有請他做的事情。儲存的號碼中也有好幾個人不需要發訃聞。

東植拿著手機的手比我的手大兩倍，而且很厚實。他用那雙手拉著父親，用自己的錢讓父親拍下遺照，還用那雙手在杯子裡倒滿威士忌。父親幾年前想讓東植成爲工會會長，但失敗了。當時父親怒沖沖地抱怨，說在鄉下選舉也是需要錢，鄉下人的精神、頭腦都腐爛了。在那之後，父親和東植一起成立了民主勞動黨支部，正爲了讓東植當選郡議員而東奔西走，不過也未能如願，因爲父親去世了。

「喂，妹妹，妳去向黃社長說，要再借六套喪服。妳大伯他們家總共有七個人吧？男人的衣服一套就夠了。吉洙可能當不了喪主，幾天前看到他，說不定就快跟妳父親一起走了。不知道妳怎麼想，但親戚一起輪流接待弔唁的客人也還行，妳們高家的人不是都很熱心？」

曾是摔跤選手的東植簡直比高家的人更熱心，他用他那雙大而粗短的手拍拍我的後背，那雙與細膩、多情扯不上任何關係的手，卻是溫暖無比。

★

按照東植的囑咐，我向黃社長訂購了一套男用喪服和五套女用喪服。因爲在殯儀館裡樣樣都得花錢，黃社長便像親哥哥一樣建議我任何事情都得精打細算。

「喪主就只有妳一個人，也不知道妳負不負擔得了這麼多費用……」

不知是作爲殯儀館社長的擔心，還是對朋友妹妹的憂慮，黃社長嘆著氣說道。我跟父親一樣，最討厭那些會無謂擔心或嘮叨的人。我急急忙忙想往外走，黃社長把我叫住。

「喂，妹妹！我有話要告訴妳。」

黃社長走近我身邊，掃視了一下周圍後，把臉緊貼在我耳邊。這地方的人似乎都用身體的距離來表達親密感，其實動物也是如此，只是我沒法接受這樣的距離而已。游擊隊和他們的孩子必須超越普通人允許親近的程度，唯有如此，才不會有人因爲是游擊隊的熟人而受到傷害。

因著長年養成的身體習慣，我整個人迅速向後退，但黃社長的身體也習慣性地更向我傾斜。如果此刻有人在旁看著，可能會認爲這是性騷擾。但是黃社長的身體卻毫無顧忌地靠近我，我也不得不停在會引起腰疼的後仰姿勢，傾聽他說話。

「妹妹，妳要小心點。收奠儀的人選一定要愼重再愼重。什麼堂哥親戚，沒一個能信得過。都是小偷，妳可要睜大眼睛，奇怪的人太多了。不久之前，我還看到爲了不想和兄弟分享，把奠儀全都拿走的傢伙。長得是人模人樣的，好像還是學校老師……妳父親一輩子受盡折磨，走的時候，不能再受折磨了。」

父親並沒有一輩子受盡折磨。他是爲了不被欺負，才踏上社會主義之路，然後在選擇的鬥爭中落敗。父親從十幾歲一直到八十二歲勞動節的清晨，這一生都秉持爲自己的選擇負責的態度，直到去世爲止。對於社會是否能如此殘酷地追究個人選擇的責任，可能在理論上會有爭議。一些人認爲思想自由應該得到保障，另一些人認爲游擊隊員全都該處死。歷經了同族相殘的悲劇，南北韓到目前還只處於休戰狀態，再加上意識形態不同，所以想要意見一致簡直是癡心妄想，更何況我也根本沒資格去談論孰是孰非。

不過若眞要說誰受了折磨，那應該是我吧。父親至少還是自己做出選擇，而我什麼都沒得選。我沒有選擇當游擊隊，也沒有選擇要當游擊隊的女兒。出生後才發現自己只是個窮游擊隊員的女兒。如果可以選，有誰會選擇當游擊隊員的女兒呢？如果可以選擇，我當然會選擇財閥千金李富眞和金泰希的人生。而連游擊隊父親的臉都沒見過的黃社長，應該更是如此。

被霧氣籠罩的道路，從一大早就給太陽曬得炎熱異常，眞不像是五月的第一天。在光束中，比我更委屈的大伯家的吉洙哥哥搖搖晃晃走來。胃癌末期的吉洙哥哥就像東植說的，那一臉病容就算明、後天跟著父親去了，也不奇怪。在去年年末被診斷爲胃癌末期之前，哥哥正準備晉升爲副郡守。他是我們這個不爭氣的家族中最有成就的一個人。

哥哥因爲有一個叔叔加入了游擊隊，所以即使考上了陸軍官校，也因爲身家調查無法過關而沒能入學。父親阻礙了哥哥的前途，大伯母直到去世前，都還爲此一直埋怨父親。我不知道哥哥心裡怎麼想，但在大家面前他是連一句抱怨的話都沒說。

哥哥未能錄取陸軍官校的時候，我才剛滿十歲。下著鵝毛大雪的山村冬日下午，大伯父家突然傳來哭聲，是女人的聲音。大伯父家的姊姊們上完小學後就到首爾的工廠去工作，家裡的女人就只剩下大伯母一個。哭聲一直沒停，但母親和父親卻不想過去，連做晚飯的打算都沒有。媽媽讓坐立難安的我安靜坐下，直到天黑，父親才開口說話。

「吃飯吧，這樣下去會餓死的。」

「是啊，得吃飯才能活下去。」

媽媽撫摸著我的頭，辛苦地站了起來。一輩子從未擦過乳液的母親，臉上的白癬卻像眼淚一樣蔓延著。

第二天早上天一亮，我就跑去大伯家。不知怎麼的，往大伯家的路上積滿了雪。若在平時，父親會把路上的積雪掃乾淨，連下過雪的痕跡都不會留下。大伯家的院子也積著厚厚白雪，似乎還沒人走過。我一步步踩出腳印進到大伯家，突然大伯母從廚房探出頭，手裡拿著熱氣騰騰的水盆，朝我站著的方向潑水。白雪隨著沙沙聲融化，在我前面形成了一條狹窄的小路。

「媽媽！」

吉洙哥哥站在前院，用低沉但清晰的聲音喊道。過去只要是吉洙哥哥講話，大伯母就會放下手頭一切事情回應，但不知怎麼的，她那天連頭都不轉，只是瞪著我看。

「我不想看到他們家的人，快讓她滾！」

「媽媽，妳眞是的！」

大伯母瞪我的眼神好像是掉落的火球，她一下子轉過身去，裙子下襬呼嘯甩過，好像颳著寒風。

「改天再來吧！」

哥哥站在前院靜靜看著我，只說了這句話，然後就進房去了。過去他只要看到我，總忍不住要給我各種東西，還會問我這次考了第幾名、最近讀了什麼書，一直喋喋不休。哥哥是親戚當中最疼我的，我也最喜歡吉洙哥哥。我們家喜歡讀書、喜歡學習的只有哥哥和我兩個人，可能是因爲這個緣故，我們之間好像存在一個只有我們倆共享的特別世界。

我每到週六下午，總會走一小時的路去接哥哥，因爲在鎭上上學的哥哥每個週末都會回家。等到上了高中，哥哥買了一輛中古腳踏車。

「來接我啊？」

哥哥親切地撫摸著我的頭，一下子把我抱起來，讓我坐在後座。他沒有坐在椅子上，而是用力踩著踏板，隨著前進節奏，身子左右搖擺，我把臉頰貼在哥哥的背上，感覺以後的日子也會如此輕快有趣。

獨自站在大伯家的院子裡，我有預感哥哥和我的時間結束了。雖然不知發生什麼事，但怪的是我卻感到抱歉和羞愧。我小心翼翼踩著自己的腳印走出去，在那個純白院子裡，似乎不能再留下任何痕跡。

以哥哥的家境，他進不了一般大學，所以一到春天他就去當兵了。幾個月後的秋天，父親好像沒臉見哥哥一樣，也進了監獄。當然不是他自己主動進去的，而是像往常一樣，他在市集上偶然遇到負責此事的刑警。那名警察一直以來都裝作沒看見父親，卻不知爲了什麼，那天忽然一把抓住了父親。幾天後，我們才聽到父親重新被關進監獄的消息。因爲父親不在潘內谷，生計益發艱難，所以母親和我也搬到了邑內。

退伍之後的哥哥一下子長大成人，雖然偶爾會遇到，但哥哥已不再像以前那樣親切，而且是對每個人都冷冷的。長大後的哥哥已不再是以前的他了。他不想和任何人說話，做什麼事都心不在焉。幾年後，親屬連坐制被取消，哥哥考上公職，成爲最基層的公務員。

從那以後，我對哥哥的生活就知道得更少。只聽說大家都誇他工作能力強、升職快、村長的女兒迷上了他，讓人來說媒。後來又聽說他娶了一個比我還醜的女人，生了一個跟太太一樣不漂亮、不聰明的兒子，這就是之後我所聽到的全部。

每當聽到這些話，我都會想起下著鵝毛大雪的冬天，我想那天也會在哥哥的心中留下深刻的印象。哥哥和我都是記住了當天而逐漸遠離彼此的。身爲游擊隊的女兒，我每當想起哥哥，就覺得像是自己也犯了罪。因爲比起游擊隊的女兒，游擊隊的侄子——哥哥所忍受的人生更加委屈。阻礙自己人生的不是父親犯的罪，而是叔叔的罪！

吉洙哥哥出現在阻礙自己人生的叔叔的葬禮上，他就像下著鵝毛大雪的那個冬天一樣，只是靜靜地看著我，不置一語，我也無言地走進弔唁室。東植一看到哥哥就猛地站了起來，跑到鞋櫃前。

「你來了？我還以爲你來不了。」

東植試圖攙扶他，但哥哥悄悄推開他的手。

「……應該來的。」

拖著瘦削身子的哥哥走過來時，我去了躺在休息室的母親那裡。可能是在打瞌睡吧，我一搖母親的肩膀，她就打了個寒顫，醒了過來。

「吉洙哥哥來了。」

「哎呀，他的身體不好，還遠道而來，眞是太感謝他了。」

母親慌慌張張跑出去，握著吉洙哥哥的手，直接癱坐在地上。被母親拉住，呆呆跪著的哥哥身子像孩子一樣瘦弱。母親不停撫摸著哥哥的肩膀和手臂。

「哎呀，怎麼辦才好……這怎麼辦才好？」

母親的惋惜不是爲了死去的父親，而是爲著即將死去的吉洙哥哥。我則是無法想像，以即將死去的身體前來弔唁的心情是如何。我把母親扶起來，坐在喪主的位子上。如果是我，可能不會想要在這樣的場合得到別人的安慰。比我更精明、自尊心更強的哥哥，應該也是同樣的心情。

哥哥面無表情地向父親的遺照行了兩次跪拜禮，然後和我對拜。母親看著連磕頭都顯得吃力的哥哥哭了起來。

「哎呀，怎麼辦才好啊……」

母親就像重複著副歌一樣，不住感嘆。

我眞是難堪，不知道該怎麼辦才好，不知道該怎麼接待哥哥。

幸好很能察言觀色的東植把哥哥拉到自己那一桌，看來愛管閒事的人並不都是令人討厭的。不管怎麼說，在父親的葬禮上，東植似乎比我更有用。我連別人的葬禮都沒去過幾次，大多只是去送白包。我討厭混雜的地方，也沒有安慰人的本事，更是不懂那些葬禮程序。如果沒有東植，情況從還在醫院那時就會非常尷尬。比我先到達醫院、選定殯儀館、帶要當遺照的相片來、發送訃聞，這些全都是東植。他甚至代替我去倒水，放在哥哥面前。雖然滿面病容，但哥哥仍然挺直腰桿，連水都沒碰。

「最近怎麼樣？」

東植代替我問了想問但沒能說出口的話。

「就是那樣吧！」

「有沒有吃什麼特別的藥？」

有或沒有，哥哥都沒有回答。我突然覺得會不會因爲他從沒對自己的二叔表達過怨恨，一輩子都在呑忍，以致這股怨氣將要奪走他的生命？我想問他，有沒有埋怨過我父親？

「哥哥……」

雖然是想問才喊他的，但是不知道該怎麼開口。從那年冬天以後，我們除了打招呼以外，沒再交談過別的，就這樣過了將近三十多年。而今我和哥哥都沒有本事讓停止的時間再次流動。哥哥看著我，點頭說道：

「沒事，我沒事。」

也不知道他是指自己的狀態沒事，還是就算面臨死亡，活下來的人還是會活著，所以沒事的。眼淚突然流了出來，但我自己也不懂這淚水的意義。哥哥用平靜的眼神默默看著哭泣的我，像是不僅僅我父親的死亡，連他自己即將面臨的死亡也已淡然接受，不，那像是已經看到了死亡彼岸的空虛眼神。在那樣的眼神之前，我不忍心再哭下去，因爲我覺得自己的哭泣很奢侈，而且我原本就與眼淚不算親近。

哥哥手扶著桌子站了起來。就跟來的時候一樣，他搖搖晃晃吃力地邁出步伐。也許是因爲腰帶勒得太緊，我看見他的褲腰到臀部之間出現褶紋，褲子已經大到能放進幾個拳頭了。生命似乎正從哥哥的身上流失，我久久望著哥哥在明媚陽光下的背影漸漸遠去。哥哥結束了自己人生當中最後的弔唁，朝向自己的死亡走去。

★

從停車場方向傳來嘈雜的哭聲，看來是住在潘內谷的堂姊們到了，若不是她們，不可能出現這麼嘈雜的聲音。一個堂姊與潘內谷的男人結婚，一輩子都生活在潘內谷。另外兩個堂姊在異地生活了很久，晚年才回到故鄉。即使分開生活了很長時間，三個堂姊也一樣是愛管閒事，很有人情味的個性。換句話說，就是無事不插嘴，凡事都干涉。而且她們和我們家的人不同，一個個都非常活潑又大嗓門。

那是在母親七旬壽宴的時候，當時我還在讀研究所。由於之前都沒有給父母辦過生日，也沒舉行六十大壽宴席，不，應該說是沒能力籌辦。母親四十歲才生下我，她六十歲時，我還只是大學生。因爲是靠助學貸款勉強維持大學生的身分，所以不敢想像要辦什麼壽宴。讀研究所的時候，我勉強湊了兩百萬韓元包了一間小餐廳、幫父母買了一套韓服，並支付飯店的餐費開銷。雖然想預訂最貴的一萬五千元的韓定食，但如果是這個價位，就必須減少參加的客人。經過思考之後，我給十分要好的姊姊打了電話。

姊姊當時在求禮經營米糕店，所以我都喊她米糕店姊姊。她是母親昔日游擊隊同志的女兒。當時她母親只是擔任游擊隊的中間聯絡人，並沒有進入山區內，因此免去牢獄之災。打從姊姊經營米糕店開始，她媽媽就老是把我母親拉到店裡去，除了請患有胃病的母親吃飯之外，還讓母親盡情享用她此生唯一吃過一次的艾蒿糕。這還不夠，當我母親要離開時，姊姊的媽媽會不給女兒知道，偷偷包一大盒米糕給母親帶回家。姊姊的媽媽過世後，她就把我母親當成自己媽媽一般孝敬。不僅送來米糕、煎餅，還常常送給母親泡菜等各種小菜。對於母親來說，米糕店姊姊比我更像她女兒。無論是說話或行動，姊姊都十分嫺靜溫婉。

「妳沒吃過那裡的飯吧？一萬韓元的定食就有很多菜了，吃都吃不完。客人都是些老人，根本吃不了那麼多。妳絕對不要去訂一萬五千塊的，學生哪有什麼錢⋯⋯」

姊姊輕聲細語地跟我說明，接著又補充說：

「米糕我來做，姊姊好歹也是米糕店的老闆啊！」

姊姊不只做了米糕，還親手操辦在全羅道宴席上不可缺少的涼拌斑鰩、各式煎餅和自家手作的羊羹。她也許是不信任餐廳的手藝，便親自醃製了泡菜。託她的福，當天的菜色十分豐盛。母親這輩子第一次穿上女兒給她做的衣服，外面還套上長袍，開心到眼淚流個不停。父親雖然一如既往地面無表情，但看到父親穿梭於每張桌子，並一一喝下別人敬的酒，可以感覺得出他似乎非常滿足。當天的壽宴算是頗令人滿意了。

宴席即將結束時，堂姊把我叫過去。

「樂隊什麼時候來啊？」

我從沒聽過還有人在壽宴上請樂隊的，我也從未去過有樂隊的地方。

「我沒叫啊！」

「妳說什麼？沒有樂隊的壽宴就好像沒有餡的包子啊！」

「爸爸媽媽不喜歡吵鬧，所以我沒想到這個。」

「妳什麼都做得很好，就這件事沒做對，妳應該先問問我們的意見啊。」

即使沒有樂隊，當大家的酒喝到某一個程度，堂姊們便敲著筷子，唱起帶有節奏的歌曲。雖然已經過了餐廳可以使用的時間，但親戚們絲毫沒有打算離開的跡象。我急急忙忙預約了位於地下室的ＫＴＶ，父母扭捏地問幹麼預約，甚至連

KTV都沒進去就走了，只有我被親戚們逮住，吃了不少苦頭。

後來才知道，只要是身體裡流有高氏血液的人，無論是大伯家、小叔家，還是大姑小姑家，每個人都擅長飲酒和唱歌跳舞，只有我一個人傻坐著。其中還有幾個人的歌喉相當好，哪怕說他們是歌手也會有人相信。雖然訂了最大的房間，但二十多人上臺跳舞，簡直擠到無處可容身的地步。我緊挨著牆，趁酒興高漲的親戚們沒注意我的時候偷偷溜走。誰也沒有看到我跑掉，這眞是當天最幸運的一件事。

「哎喲，哎喲！」

大堂姊痛哭流涕地走進來，身子撲倒在接待室的地板上，她用盡全身的力量哭泣。

「哎喲，誰知道在動亂中也能活下來的二叔，竟然會這麼快走啊！」

蜂擁而至的堂姊們從四面八方抱著我哭了起來。我被她們抱著，眼睛一眨一眨地四處張望，卻沒看到小叔。不知道該感到慶幸還是遺憾……我連自己的內心都難以理解。

堂姊們哭個不停，我很好奇她們怎麼會對妨礙弟弟前途的二叔過世，感到如此傷心。據我所知，堂姊妹、堂兄弟們從未明目張膽地對父親說過什麼，但是他們和父親之間確實存在著微妙的隔閡。一方面，父親是優秀而聰明的人，一開口就是大道理；另一方面，也正因爲他是一個優秀的游擊隊員，導致家族沒落。因此，父親既是高家人的驕傲，也是高家沒落的元凶。

當時才小學一年級的大堂姊至今還清楚記得，父親才加入社會主義組織不久，扛著槍的軍人衝進教室，威脅要看過高尚旭的人舉手的可怕瞬間。在那一刻，在大堂姊的腦海中，認定父親是十分了不得的人物，因爲幾十名軍人都沒能抓到他。該怎麼形容呢？也許就像揹過自己的鄰居竟然是位赫赫有名的歷史人物，雖然是一段失敗的歷史。

總之，除了這些原因之外，父親與親戚們也沒有什麼話可說。在沒有工作的漫長冬夜，如果叫他一起去打花牌，他不去也就算了，去了以後還會拚命說一些喪氣話，一直嘮叨說：非要浪費時間賭博嗎？倒不如讀讀《新農民》，裡面有未來農業的內容。如果親戚們宰狗殺豬，叫我們一起去吃，他也老是破壞氣氛，叫他們不要浪費時間，多重視孩子們的教育。在村裡的宴席中，父親也總是只喝一杯燒酒就轉身離開。因此，不僅是親戚，就連村裡的人在遇到困難或有事要找父親時，都無法不帶心理負擔地進出我們家。父親去世，她們怎麼會如此傷心……

而且父親今年已經八十二歲了，要是能再多活個幾年固然很好，但現在過世，似乎也不必那麼傷心。眞要傷心？也是爲父親的癡呆症。看著曾是理性主義者的父親罹患癡呆症後的變化，讓母親罹患高血壓、糖尿病、高血脂，總之能得的病都得了。母親怕父親在別人面前出醜，堅決阻止父親離開家，只是靠這樣也無法改變父親的固執己見。

除了母親和我之外，只有朴先生知道父親罹患癡呆的事實。有一天去完市集到我們家來的大堂姊看到父親後，咋舌說道：

「二叔也老到變醜了，怎麼辦啊？」

母親爲了這句話徹夜未眠。由於癡呆症進一步惡化，母親擔心因此破壞了過去父親高尙的形象，而拚老命地管制父親。也因此，面對父親的死亡，母親和我其實是鬆了一口氣。父親的死恰逢其時，趁著誰都不知道他患有癡呆症的時候，趁著他還沒有在人前表現出崩潰樣子的時候，他就走了。也許頭會撞到電線杆，正是因爲父親最後的理性還強韌活在逐漸死去的腦細胞中。我之所以如此相信，是因爲我太了解父親的作風。

哭得極爲傷心的大堂姊突然停止哭泣問我：

「小妹，喪服怎麼辦？雖然要花很多錢，我也不好說什麼，但只有妳一個人穿喪服不行啊，別人看著也覺得奇怪。」

多虧有東植，要不然就要出大事了。我也正好趁這個時機，從生平第一次擁抱我的堂姊們懷抱中掙脫，去拿了四件喪服過來。還有兩個住在首爾的姊姊下午才能到。「太好了，就應該這樣。這幾件喪服花不了多少錢，妳還有幾個過得不錯的堂姊，怎麼能讓妳獨自當喪主？二叔一輩子都那麼高尚，最後這一段路應該走得風風光光，他一定也會喜歡的。」

怎麼可能？父親是唯物主義者，根本不信死亡之後的世界。有一天，母親曾和他談論起墓地。聽到母親說希望葬在能看到智異山的向陽位置，父親就闔上報紙。這麼一想，我記憶中的父親十有八九是在看報紙、電視新聞，或聽收音機裡播放的新聞。總之，父親用他那雙斜眼盯著母親看。

「再怎麼看，妳都不像是唯物論者。人死了就結束了，要埋在哪裡，有那麼重要嗎？」

因爲正處於放假期間，我在旁邊深表認同，於是插嘴說道：

「爸爸眞的不需要墳墓嗎？」

「廢話！我們國家的土地這麼少，如果死掉的人都要埋葬的話，土地還能剩多少？我們死了的話，就燒一燒灑掉就好。」

母親嘴角抽動，似乎有話要說，但她被自己不是唯物主義者的話給壓制住，再也沒有插嘴。

「妳就選個方便的地方灑掉就好，不管是做成飼料還是當作肥料，既然都已經死了，不管變成什麼，都要對這個世界有所幫助。」

父親這個十分唯物主義者的回答令我非常滿意。

「那祭祀呢？」

「有什麼好祭祀的？如果妳兄弟姊妹很多的話，拿祭祀當藉口，大家聚聚還說得過去，妳就一個人，有什麼好祭祀的？」

父親是個徹頭徹尾的唯物主義者。其實我的父母已經八十多歲，別說準備墓地，我連遺照都沒想過要幫他們拍，眞是個不孝女。但既然父親的遺願如此，那按照父親的遺願完成就可以了。唯物主義果然很灑脫，太好了。

忽然有人輕拍我的肩膀，原來是米糕店姊姊。她家的米糕可口，遠近馳名，所以姊姊靠米糕店賺了不少錢，只是換來了關節炎和腰部椎間盤突出，所以爲了身體的緣故，米糕店已經歇業很久，不過我還是叫她米糕店姊姊。

「姊姊從哪裡進來的？我一直看著出口那個方向。」

她指著連接廚房的後門說道：

「我在這裡的廚房工作。大叔的喪禮在這裡舉行，我也可以送他最後一程。」

堂姊們去喪主休息室更換衣服，裡面再次傳來哭聲。

「妳堂姊們已經來了？」

人只要活得夠久，有些事似乎不看也能知道。畢竟訃聞發出去也沒多久，只有住附近的人才會在這個時間過來，況且母親也不是會哭得那麼厲害的人。姊姊在我耳邊輕聲說道：

「妳拜託她們一起當喪主了嗎？妳自己一個人雖然也能處理妥當，但還是悄悄試探一下她們是怎麼想的吧，她們應該會欣然同意的。」

姊姊的話和東植說的一樣。不知道是不是因爲女兒自己一個人當喪主不符合禮儀，還是不管是女兒或兒子，獨自一個人站著不好看，我雖然無法理解，但也沒有理由堅持不要麻煩別人。父親經常說不管什麼事，都要學會靠自己的力量完成。但在他自己的葬禮上，應該不會因爲我得到堂姊們的幫助而責備我吧？最重要的是，正如父親所說，死後不就結束了嗎？這裡的事情完全是我的選擇，是我的責任。

「她們都去換喪服了。」

「妳做得很好，她們都是喜歡出鋒頭的人，不這麼做，如果以後聽到她們抱怨，妳也不好過啊。」

姊姊的細密心思和我預想的截然不同，儘管她只有小學畢業，但我沒能像她一樣洞察人心，應該是因爲我完全不在乎那些事吧？正確、分明、精明，這是大家對我的普遍評價。儘管如此，我也有很多時候會荒唐地搞砸事情。就連父親也是如此。所以，我還眞不能否認自己是左傾游擊隊員的女兒。換上喪服的堂姊們接連走了出來，三個堂姊、三個堂姊夫，加上堂哥夫婦，兩張桌子一下子就坐滿。米糕店姊姊靜靜地撫平我的衣領，和平時不同，她對我使用敬語。

「能不能出來一下？有事情跟妳商量。」

堂姊們好像在問那是誰似的，一起看著我們。米糕店姊姊從座位上站起來打招呼。

「我是這裡廚房的負責人。」

「麻煩您了！」

聽到她說自己是廚房負責人，堂姊們立即失去了興趣。我跟著姊姊到廚房去。

「飯、湯、煎餅，這裡的廚房都會做，還有一些得從外面叫，米糕、水果、白切肉，這些都是最基本的，橡子涼粉不準備其實也沒關係，但因爲好吃，還是準備比較好，雖然得多花點錢，但聽說首爾人最喜歡。有人會從首爾來吧？只要妳同意，我會自己準備的，妳就安心送妳爸爸最後一程吧。」

其實我也沒有什麼可問的，我對那種事情很厭煩，姊姊則十分老練。在開米糕店之前，她會去有婚喪喜慶的家庭幫忙做飯。如果姊姊能幫我忙，那就再好不過了。看來父親的最後一程很有福氣。

沒過幾分鐘，姊姊就在後門那邊用眼睛向我示意。

「妳媽媽什麼東西都沒吃吧？我擔心她消化不良，煮了一些芝麻粥。妳堂姊她們年紀也大了，不知道吃不吃，我多做了一點，妳端去給她們吃。」

姊姊端出盛著芝麻粥和兩、三樣小菜的托盤。

「姊姊，妳去看看媽媽吧！」

「晚一點吧，等晚一點比較有空的時候。」

姊姊說完就跑進廚房，我都沒來得及再勸她。她平時就會爲不認識的人認眞準備葬禮的食物，今天肯定還會格外用心。她一定覺得父親和其他死者不同，想要親手製作祭拜的食物給父親享用，這時我眞希望父親認爲死了就結束了的唯物論是錯的。父親一向喜歡姊姊送來的小菜，在最後一程還能吃著生前最喜歡的食物，他那面露欣喜的模樣突然像幻影一樣浮現出來，但我馬上搖了搖頭。據我所知，父親始終都是唯物主義者。從灰塵開始的生命，最終將成了滋養土地的一把肥料，這才是唯物主義者父親認爲正確的哲學，也是孤獨的哲學。不知道人們是不是因爲難以忍受這種孤獨，才創造了靈魂的存在和死後的世界？

剛才還在痛哭的堂姊們不知什麼時候開始談天說笑了，在充滿活力的談笑和痛哭之間，我端著裝有芝麻粥的托盤呆望著她們，像夢境一樣，一切都好陌生。

★

黃社長遞給我即溶咖啡，因爲一夜沒睡，我迫切需要一杯濃濃的原豆咖啡，但鄉下的殯儀館不可能有煮咖啡的機器，好久沒喝的即溶咖啡甜得讓我不舒服。

「妹妹，決定好了嗎？要土葬還是火化？」

不用考慮，也不用和母親商量，我立刻回答火化。父親不是也說過火化之後，隨便找個地方灑了嗎？就算想要土葬，父母也沒給他們自己購買一分地，我更沒有這個能力。如果用房屋抵押貸款，也許可以買一塊公墓，但現在爲時已晚。父親沒留多少時間給我，就急急忙忙地走了。生性勤勞的父親，一向走得很快。

「首先得請醫院開死亡證明書……需要十張。喪主只有妳一個人，這可怎麼辦？所以兄弟姊妹還是越多越好……」

「最晚什麼時候要給您？」

「越快越好，有死亡證明書才能預約火葬時間。因爲求禮沒有火葬場，只能到南原或順天去，但那邊經常爆滿，預約不容易。」

目前爲止來到殯儀館的都是老人，在變得更忙碌之前，我得先跑一趟醫院。等到下午，首爾的客人也會陸續到來。東植好像在偷聽我們說話一樣，從辦公室的門縫裡探出頭來。

「你幹麼老是叫忙碌的妹妹做事啊？她還是喪主，要接待客人呢！」

「難道她就只能是你妹妹？她也是我妹妹啊。我叫她去開死亡證明書，有什麼問題？」

「幹麼讓她去做那麼瑣碎的事？你不知道我是誰嗎？」

我從未答應讓他們當我哥哥的哥哥們爲了我鬥起嘴來。東植從外套口袋裡拿出厚厚的信封。

「我朴東植就是我們這個村的僕人啊！」

我好像知道父親爲什麼那麼疼東植了。父親也是村裡的僕人，而且還是自願當的。即使沒有人支使，父親也會爲村裡的事東奔西走，村民們也都清楚這一點，所以只要發生什麼事，就會去找父親。雖然母親對他不在乎自己家，卻把別人的事情擺在首位深感不滿，但我更不滿的是，他都活了超過一甲子，卻仍然天眞的——坦白說，是愚蠢——相信人。

那一次是發生在插秧的時節。

那天是村裡的人一起互助耕作，最後輪到我們家稻田插秧的日子。凌晨一點左右，電話鈴一直響個不停。前一天種完別人家的秧苗回來後，從傍晚開始就陷入沉睡的父親突然起身，用清楚的聲音講電話。打電話來的人是住在同一個村子的韓伯伯，說是從求禮到光州高中上下班的女婿前一天聚餐後酒駕，在鴨綠被卡車壓死。韓伯伯的女兒只有初中畢業，因爲長得好看而嫁給那個韓伯伯一開口總是炫耀不停的教師女婿。

「先叫計程車吧！」

父親隨便套上衣服，準備出發。

「喂，你這樣離開的話，我們家插秧怎麼辦？」

「人都死了，這種話妳還說得出口？」

事關我們家一年的糧食，母親當然會說這樣的話。在二十畝稻田中產生的部分收入也將成爲我的大學學費。

「那些工人妳自己看著辦，我走了。」

「哎呀，即使主人看著，做別人家的事情也是馬馬虎虎，這是人之常情。我還要在家裡準備飯菜，誰能盯住那些工人呢？韓先生的女婿又不是孤兒，應該有父母兄弟吧？那些人處理就行了，你這個外人去湊什麼熱鬧？」

母親雖然是社會主義者，卻相信人的本性是會對別人的事情敷衍馬虎。她擋在父親面前說道。

「要不是萬不得已，老韓怎麼會在這時間打電話給我？」

父親又開始拿那句殺千刀的「要不是萬不得已」當藉口，這是父親的口頭禪。我跟父親不同，我絕不相信那些因爲萬不得已才來找父親的人。人在困難的時候，總是會找那些最值得信任或最容易拜託的人。無論是哪一種，結果其實都一樣，絕不會有人記得在困難時幫助自己的人。一般來說，得到幫助的人反而會比給予幫助的人更早忘掉這份恩惠。雖然不是非要得到什麼回報才幫助他人，但因爲曾受過自己幫助的人早已忘記，施以幫助的人反而會覺得很受傷。大多數的人都是如此，但是身爲社會主義者的父親即使碰到這樣的情況，也不覺得受傷，因爲他深信這些忘卻的人之所以會如此，是由於社會結構的矛盾，因此更需要革命。

父親只要認爲是正確的事情，就絕對不會屈服，那天他推開母親，走入黑夜。當天，父親親自收拾那具被卡車壓得支離破碎的韓伯伯女婿的屍體，其慘狀甚至連救護隊員都不敢碰。父親重拾游擊隊員的特長，這就和收拾那些被砍頭或中槍後內臟橫流、頭部溢血的同志屍體一般。不僅如此，他還爲了安排醫院和殯儀館而東奔西走，忙到次日深夜才回來。直到那時，母親也還沒能從田裡回家。

正如母親所預料，村裡人插秧插得歪七扭八，農田的四角根本沒有插就草草收尾。媽媽一個人看著星星，在二十畝田地的角落插秧。在父親昏睡過去後，她才累到爬進家門，在磨破的膝蓋上塗藥膏，摒住氣息悶聲哭泣。不知我是遺傳到誰，倔強的我聽著母親摒住氣息的哭聲就想：如果母親逃到北韓，專心種自己的農田，那她早就被肅清了，這就是他們相信的社會主義現實。

萬不得已在凌晨一點找父親的韓伯伯幾天後買來兩斤豬肉，語帶哽咽地連聲道謝。但是他卻沒有償還父親代付的計程車費。

「爸爸所愛的人民群眾就是這樣。」

聽到我的嘲諷，父親用他那雙斜眼瞪著我，似乎覺得我是一個他不認識的人，不，甚至像是別人家的麻煩東西一樣。他說：

「要不是萬不得已，老韓怎麼會那樣？」

萬不得已？狗屎啦。那個韓伯伯爲了他那成爲寡婦的女兒，要把自己的房子賣了，條件是他自己能在新房子住十年。他要給女兒的錢沒問題，但是要還給父親的計程車費卻永遠不會付。父親卻根本不在意這些事，還好幾次來往於邑內和光州之間，忙著代爲處理死亡保險金事宜。

東植像父親一樣以擔任村裡的僕人自豪，他將父親的兩張死亡證明書交給黃社長，剩下的遞給我，看來有很多地方需要用到死亡證明書。曾是社會主義者的父親在結束牢獄生活後也經常遭遇特別對待。他如果要搬家，必須事先向居住地的警察局報備，離家三、四天也要一五一十報告是爲什麼事？要去哪裡？跟誰見面？到後來他都上了年紀，連二十公斤的栗子麻袋都舉不起來的時候，還是有刑警專門負責監視父親。雖然到最後不管是監視的人還是被監視的人，都互相熟悉得像是兄弟一般，還可以一起喝酒，可是不論如何，似乎只有等父親死了，才能獲得和一般大韓民國國民相同的對待。

「哎喲，看我這記性。喂，妹妹，快點過去吧，潘內谷的老人都出動了。我是來告訴妳這個事情的，但卻在這裡瞎折騰。」

來自故鄉的客人們已經結束了弔唁，在堂姊旁邊的桌子上就座。潘內谷的家人當中只缺小叔一個，我突然懷疑自己是不是還在等小叔？我雖然有些看不起只會遷怒別人、認爲自己是失敗者的小叔，但還是本能地認爲自己是父親的女兒，希望這兩位捲入意識形態激流的兄弟能在死亡面前以平凡的兄弟關係和解，看來我還是很期待這點的。

在一群八十多歲的老人中間，我注意到一個陌生的年輕女子。雖然說是年輕，但頭髮也已花白，看起來大概五十歲左右。跟長輩們打完招呼後，年輕女子悄悄抓住了我的裙襬。我再怎麼看，卻還是認不出來她是誰。

「妳不認識我了嗎？我是英子，張英子。我一眼就能認出姊姊，姊姊都不會老。」

英子？那就是比我小兩歲的張家老大。連最後一次見面是什麼時候都記不得了。英子中學畢業後，開始在釜山鞋廠工作，我隱隱約約想起過年過節時，她總是帶著一大包要送弟妹的禮物，從計程車上下來的樣子。不知是哪一個節日，英子的高跟鞋瞬間陷入泥漿中，她雙手捧著滿滿的禮物，不知如何是好的樣子應該是我對她最後的記憶。不知怎的，從未穿過高跟鞋的我老是覺得陷入泥漿的高跟鞋，就像是英子的未來一樣，看得我內心一陣寒涼。

「聽說妳住在釜山，怎麼來了？」

「這孩子跟妳父親不是普通緣分，剛好她昨天晚上回來，就決定來向妳父親致意，要不然釜山那麼遠，哪有可能專程過來？」

英子和父親的緣分並不是只因爲住在同一個村子而已。有一天，張伯伯來到我家，深深地嘆了口氣。

「有什麼話你就說吧！明明是有話要說才來的，怎麼一直嘆氣？天花板都要塌下來了。」

「又被拒絕了。」

「你這話說得讓人丈二和尚摸不著頭腦，到底是發生了什麼事？」

「我是說英子啊，我看她是嫁不出去了。」

「我看她長得挺好的啊，怎麼啦？」

「她得到她母親的遺傳，味道可重了。」

雖然在同一個村子一起度過童年，但我對此一無所知。英子有七個弟妹，從三、四歲開始，英子就揹著比她小的弟弟，忙著洗他們的尿布，根本沒時間跟村裡的孩子玩。原以爲她只是不太喜歡去別人家玩而已，沒想到還有這種情況。

「因爲她味道太重，在宿舍也是自己一個人睡，聽說要是跟她一起睡一晚，就會因爲老是得捏鼻子，把鼻子都弄歪掉。結果她工廠也辭職了，回家以後連飯都不吃，整天哭哭啼啼的，我心裡眞不是滋味。她也不能一輩子自己一個人過，我眞不知道該怎麼辦。」

「你早就應該來找我了，幹麼自己一個人苦惱啊？」

「你有什麼辦法嗎？」

張伯伯緊挨著父親問道。

「所以我不是叫你們要經常看報紙嗎？最近這個世界，誰還會擔心什麼嫁不嫁得出去的問題啊？只要做個手術就能根治狐臭！」

張伯伯眼睛睜得圓圓的，就連我也是那時第一次聽說可以經由手術治療狐臭。父親在張伯伯身邊像救世主一樣，裝模作樣地拿起電話。

「喂，正好你在家啊？明天我會帶一個小姑娘去你那，因爲狐臭，想要做手術，你得多關照。」

只要是村裡有人要去醫院，父親就會馬上連絡那位全大醫院的內科醫生。雖然不知兩人是怎麼認識的，但是那位醫生因爲有了父親這個朋友，不僅要診療內科，還得醫治罹患外科、皮膚科、婦產科等各樣疾患的求禮人。但是，從那位醫生沒有跟父親絕交的情況來看，他大概年輕的時候也信奉過社會主義吧。

父親第二天就帶著眼睛哭得紅腫的英子去了光州。手術結束幾天後，張伯伯深夜又拿著米酒過來。

「我的心情眞是糟透了。」

「手術不是順利結束了嗎？又怎麼了？」

「現在不會散發味道了。」

「那又發生了什麼事？」

「她都還沒出嫁，腋下被劃開，留下疤，這可怎麼辦？她整天都在哭個不停。」

「都動手術了，哪能不留下疤痕？」

這就好像父親把落水的人救上岸之後，還被逼著交出錢包一樣。父親雖然身爲「要不是萬不得已，怎麼會這樣？」主義者，但這次也不知如何是好，只是無言地抽著菸。儘管如此，就算有著手術的痕跡，那還是比狐臭好，因爲沒過多久英子就遇到不錯的男人，順利結了婚。這可能就是最後一次聽到關於英子的消息。雖然現在她白髮不少，但不知是不是因爲生活順遂，小時候就很漂亮的臉孔依舊十分明亮。

「英子有兩個兒子和兩個女兒，日子過得很好。這些都是妳爸的功勞，當年聽他的話做手術，眞是太幸運了，要不然的話，她差點嫁不出去。」

張伯伯都忘了自己曾經抱怨還沒出嫁的姑娘腋下有著長長疤痕的事，說了很多感恩的話。沉默寡言、文靜的英子雖然上了年紀，但依然害羞如故，默默地微笑著。

「聽說妳因爲疤痕哭了好幾天？」

聽到這個提問，英子臉頰通紅。張伯伯代替英子接話說道：

「疤痕有什麼要緊？她還差點就嫁不出去呢。」

「隨著時間流逝，疤痕也漸漸淡了，現在還能見人。大叔眞是我的恩人。他活著的時候，我至少應該買點牛肉來問候他的……趁還活著……眞是對不起他。」

英子是女工，又生了四個孩子，生活應該也很辛苦吧？想起她小時候揹著年幼弟弟洗尿布忙得東奔西走的樣子，往昔歲月裡的她彷彿一瞬間清晰明亮了起來。那段時間裡，她還有過牽著我父親的手，焦急地等待手術的瞬間。所以即使父親走了，某個瞬間的父親也會鐫印在某人的時間裡，而只要回憶起往事，這些瞬間就會鮮明地浮現。我忽然想念起父親存在於我的時間中的許多瞬間。

★

下午開始，陸陸續續有不知姓名的弔唁客到來。我的客人還沒有到，來的都是父親的熟人。雖然堂姊們輪流守在喪主的位置，但我也不能因此而離開。每當有人回憶起與父親的往事，我就不禁哀傷起來，但隨即又因爲要迎接新的客人，而沒能讓眼淚流出來。這三天似乎會成爲我人生中最忙碌的時刻。

東植在每張桌子之間穿梭，替我盡到了喪主的責任。黃社長一次次探頭了解情況後，發現似乎不必太擔心葬禮費用，臉上露出了滿意的笑容。

大堂姊把一個人帶進弔唁室，這人很眼熟，好像是她的大女兒慶熙。慶熙雖然比我大五、六歲，但論輩分算是我外甥女。我倆小時候很要好，每逢放假，她都會來爺爺家。雖然我是阿姨，但小時候看著大六歲的人，簡直像是天與地一般的差距，而且她操著一口好聽的首爾話，讓我更覺得神奇，所以都跟在她後面，姊姊、姊姊地叫。每當奶奶和大堂姊聽到慶熙沒對我說敬語，都會毫不留情拍打她的後背。

「幹麼要我叫這小鬼阿姨啊？」

慶熙雖然每次都被大人訓斥，卻是理直氣壯地反問回去，而且始終沒有喊過我阿姨。其實我也不想讓慶熙那麼叫我，只是很困惑她都大我那麼多，怎麼不懂只要別在長輩面前直接叫我的名字就沒事啦。

「姊姊，好久不見。」

「哎呀，妳這孩子，還叫她姊姊？她是妳外甥女，妳就應該說半語，怎麼反倒叫她姊姊？」

「是啊，阿姨，別說敬語了。」

曾說死也不會喊我阿姨的慶熙在經過漫長歲月後，毫不猶豫地叫我阿姨了。慶熙的長相、動作跟她媽媽一模一樣，像是生怕別人不知道她是大堂姊的女兒似的。我想起父親誇獎她的話：在這年頭還生了五個孩子、待人也和氣，又善解人意。慶熙硬是擠進堂姊之間坐下。這幾位堂姊彼此感情非常好，雖然分住全國各地，但每個月會交錢一起存款，一年見四次面，像辦喜事一樣玩得很開心。

「妳不是要照顧孩子，怎麼有空來？」

小堂姊如此問起，慶熙卻只是拿起筷子要夾橡子涼粉。看來米糕店姊姊說得沒錯，橡子涼粉雖然貴，卻是相當好吃。慶熙回答道：

「別人也就算了，叔公的最後一程我一定要來啊。阿姨，妳不知道在我心目中，叔公代表了多大的意義……」

「什麼意義？我只知道放假的時候妳常回來，他好像對妳特別好。」

「當年要不是尙旭叔叔，她的腿早被我打斷了。」

我想起了早已忘得一乾二淨的往事。

那是我上高中的時候，慶熙高中畢業之後，在一家公司當會計。雖然是夏天的正午，但就像舉行喪事一樣，爺爺家傳來大聲痛哭的聲音。過了一會兒，大堂姊抓著慶熙的頭髮走來，慶熙還在放聲大哭。

「叔叔，您也來管管她。這個臭丫頭，說要去信耶和華的證人還是什麼的宗教，我們家都要被她搞垮了。淑子那丫頭沉迷於教會，嫁給快要死掉的傢伙。我現在只要聽到教會這兩個字，就氣得直發抖。」

大伯家的老么，淑子姊姊是在姊妹當中長得最漂亮的一個，又因爲和大堂姊年紀差很多，所以靠著姊姊們的幫助，淑子姊姊讀到高中畢業，而姊姊們也熱切希望老么能嫁給家境好的人。淑子姊姊從讀邑內的中學開始就上教會做禮拜，經由那間教會的牧師做媒，才跟對方相親沒多久就立刻結了婚。新郎的父母都是教會執事，可說是虔誠的基督教家庭。但不確定牧師究竟對詳細情況了解多少，總之是後來才得知丈夫是癌症末期患者。

結婚不到半年，丈夫就去世了，留下的只有一個女兒。因爲婆家主張必須生下兒子傳宗接代，所以在淑子的女兒出生後，婆家就把淑子姊姊和小嬰兒一起趕了出去。父親大發雷霆說相信上帝的人怎能如此人面獸心，便帶著淑子姊姊去光州，結果是父親慘敗，連話都沒能說出口，就帶著姊姊回來。我還記得父親咂舌說，那一家人根本無法溝通。

「你們不知道他們那一家的口才有多好，好像要跟他們說什麼就必須信耶穌一樣。」

雖然父親在村裡以能說善道聞名，但事實上，無論是吵架還是打架，他都很糟糕。只要對方先罵髒話，父親就注定會慘敗，他根本不懂得要如何回應辱罵。

「喂，冷靜點，先得冷靜才能好好說話，對吧？」

冷靜的人根本不會爭吵，能好好說話的人也不會吵架。聰明的父親卻不懂這個道理，因此父親是絕對無法贏過憤怒到極點、一上來就要吵架的人。這讓我難以相信父親當年是個拿著槍支，穿梭在白雲山和智異山之間的戰士。小時候的我只認爲他是一個揹著槍在山上奔跑，腳程很快的人而已。

被親家狠狠擊敗後的父親說：

「妳不會再去那個把妳的人生全都搞砸的教會吧？」

他愚蠢地如此堅信。

在我眼中，淑子姊姊和父親都是一樣的人。他在山裡吃盡苦頭，下山後重建組織被逮捕時，家裡的親戚看待父親的眼光很可能就像看淑子姊姊一樣。

正如父親在歷經漫長的牢獄生活之後，仍不放棄自己所相信的理念，淑子姊也沒有放棄信仰、遠離上帝。她把遭遇的試煉當作是上帝給的考驗，毫無條件地接受，甚至更深地投入宗教。從那以後，只要是聽到「教會」二字，我們家的人就會不住搖頭。更何況這回還是耶和華見證人？我心裡想著慶熙姊姊這下可糟了，便悄悄從座位上站了起來。眼看又要大鬧一場，而我非常討厭看別人爭吵，正打算要開房門，就聽到父親以低沉的聲音說道：

「別管她了。」

聽到這句出乎意料的話，慶熙首先停止了哭泣，大堂姊似乎沒弄清楚情況，反問父親：

「您說什麼？」

「她要做什麼就隨她吧！」

「叔叔！您看到淑子那個樣子，還能說這個話？聽說那個什麼耶和華的證人比教會更嚴重啊！」

我也想詢問父親，你不是說過宗教是人民的鴉片嗎？可是我馬上就知道原因了。因爲是耶和華見證人啊，父親在監獄裡見過很多他們的信徒，他總是口沫橫飛地稱讚那些信徒比自私的左派同志要強得多。

「他們反對戰爭、沒有十一奉獻，沒有一點不好的地方。他們就是因爲反戰，所以連軍隊都不去，還主動申請坐牢，眞的很了不起。據說他們也沒有牧師，所以不會有錢被搶走、身敗名裂的事情。」

聽到不會有錢被搶走、身敗名裂的事之後，大堂姊的氣焰稍稍減弱。連「是眞的嗎？」這句話也沒問出口。家裡親戚向來都相信父親說金就是金、說石頭就是石頭。只要不是讓他們成爲社會主義者，我看就算父親說紅豆可以當製作豆醬的材料，他們都會相信。以前家裡親戚常常動不動就唉聲嘆氣說道：

「這麼聰明的人爲什麼偏偏會跑去當共產黨啊？」

說完之後，一定會再加上一句：

「也沒辦法，在那個年代，只要是聰明的人，幾乎全部都會成爲共產黨。」

「只要是聰明的人都會是共產黨，所以管他是阿貓阿狗，到頭來都變成共產黨！」

書上沒有教，但我透過耳濡目染所認識的世界就是如此。慶熙看到獲得家裡親戚肯定的父親站在她這一邊，便整理起凌亂的頭髮，氣勢洶洶地瞪著大堂姊。

「媽媽什麼都不懂！叔公果然非常聰明，即使在這種小村子裡，對於我們耶和華見證人還是相當了解。」

只有小學畢業的父親，突然間變成非常聰明的人，如果他心存感謝，就應該別再說話，可是他又說了些聽起來似乎很正經八百的話。

「慶熙啊，想法也是可以改的，妳仔細想想吧。這世上的科學家不都主張進化論嗎？難道那些人是傻瓜？所以不要只聽教會創造論那套，要多讀書、多學習，別老是只說上帝，要用妳的頭腦好好思考，正因爲這樣，人類才會長了個腦袋。」

既然叔公不排斥自己的宗教，就沒法頂回去，但聽他說這些也不太痛快。於是慶熙當天是撇著嘴、撓著被拽掉一把頭髮的後腦杓回去了。

慶熙的信念和父親的信念一樣，甚至可能比父親更堅定。她將自己的宗教介紹給兩個弟弟，甚至還向堂兄弟傳教，以致我們家足足誕生了六名耶和華見證人信徒。與下山後沒有向任何一個人（包括自己孩子）傳播社會主義的父親相比，慶熙的實踐力十分卓越。聽到大伯家的幾個侄子也成爲耶和華見證人，我就想到高家還眞是追求信念之家。因爲不管是宗教也好，意識形態也罷，如果不是當成自己的信念就很難持守住。

父親說的沒錯，慶熙既沒被騙錢，也沒身敗名裂。她和有同樣信仰的人結婚之後，十分恩愛，膝下有五個子女，孩子們的成就都不錯，生活也過得很好。據說慶熙之前不知道是在盤浦還是蠶室，買了有兩間衛浴的公寓，並且完全沒有貸款。

「幸虧那時候去找了尚旭叔叔，如果只聽妳們的話，慶熙差點就被打死了。」

二堂姊嘴裡一大口橡子涼粉，說話不清不楚，支支吾吾地說道。

「我們怎麼了？」

大堂姊用力拍打二堂姊的後背。

「姊，妳不是說過如果加入耶和華見證人就會家破人亡，乾脆先把慶熙的腿打斷算了？如果眞聽了妳的話，那不就把活得這麼好的孩子搞壞了？」

「大家是因爲很擔心，才會那樣說，我怎麼會故意要叫慶熙過苦日子？看她過得這麼好就行了。這都是什麼時候的事？到現在還把這個事情拿出來吵。」

「哇，妳這手也夠狠毒的，痛死我了。」

二堂姊揉著捱打的背。大堂姊撫摸著慶熙已經變白的頭髮，大概是對於那天扯著慶熙當時還是烏溜溜的秀髮感到抱歉吧。

「頭髮染一染吧，臭丫頭。明明不到六十歲，人家看了還以爲妳是七老八十的老太婆呢。」

「就是啊，應該像媽媽才對……不知道爲什麼只遺傳到壞的一面。如果臉像爸爸，頭髮像媽媽就好了。」大堂姊又打了一下慶熙的背。和打二堂姊的那個聲音不同，很是清脆。

「哎，我年輕的時候也是很漂亮的。」

應該已經超過五十歲的慶熙吐出了舌頭。

「哦?不相信?老二，妳說說看。」

二堂姊把裝滿橡子涼粉的新盤子拿過來，聳聳肩說道：

「要論長相的話，還是姊夫比較好啊。他騎馬走進我們家柴門的時候，我的心也撲通撲通跳。慶熙，妳還是長得像媽媽，要是像妳爸爸，那早就得到韓國小姐選美冠軍了。」

「唉，瞧妳說的。」

大家呵呵笑了起來。在桌子邊，長相比姊姊略勝一籌的大姊夫以慈祥的面容笑著。我對這種情況非常陌生，我們家從沒見過這樣的畫面。我們家談話的內容大約可分爲三類：

一、重要的事情。比如說報考哪所大學什麼系。父親問了之後，我說要讀英文系。父親要我去讀新聞系或法律系，以後當記者，我沒有回答，這樣就結束了！重要的事情還包括：要吃飯還是吃麵？父親要吃飯，我要吃麵，那就決定吃麵。要吃蘿蔔飯還是白飯？父親要吃蘿蔔飯，我要吃白飯，那就決定吃白飯。在我們家，這種重要的事情幾乎占對話的一半。去摘栗子吧，挑撿栗子，爲什麼把大的跟小的放在一起，別馬馬虎虎的，好好挑挑。最大的栗子要寄給鵝異的指導教授，那些得另外挑出來。諸如此類。

二、關於局勢的事情。我的父母一睜眼就看報紙，而且主要是母親提問。這回會是誰當選？父親回答是誰，大致上都很準。朴正熙去世，電視快報播放國務總理代行總統職務的凌晨，母親又問了父親，新世界眞的會來臨嗎？從凌晨開始一直聽著收音機的父親冷嘲熱諷地回答，新世界哪會那麼容易到來，軍方會待著不動嗎？當時父親的預言也完全正確。我們家經常進行這樣的對話，成爲大學生之後，父親也經常問我，妳們學校怎麼樣？民主學生會成立了嗎？大學生對於光州抗爭有什麼看法？也因此，我從小就是聽著美國、朝鮮、共和黨這些討論長大的。所以這類對話在重要的事情之外，也占了一半。

三、游擊隊時期的事情。這主要是在我不知情的情況下，他們這兩個老游擊隊員之間的竊竊私語。當然，因爲房子狹小，其實我也都聽到了。也就是說，背著我說的事情占了我們家對話的四分之一。我每天晚上都偷聽游擊隊的故事，學習現代史。

這麼一說，像是我的家人平常沒怎麼說話，但事實並非如此。我們家的對話比任何一個家庭都多，只是那些對話都是關於公共的、邏輯的、政治性的。那些一般家人互相交流的事項，好比你最近有什麼煩惱？爲什麼不好好用功？看到路邊衣服好看買了回來，要不要來穿穿看？你爲什麼只穿褲子？有沒有男朋友？爲什麼不談戀愛呢？等等，從來沒有出現在我們家人的對話之中。對於雖然回到了日常，但仍然是老革命家的我父母來說，戀愛、衣服、化妝這些都只是毫無意義的奢侈行爲。夾在隙縫中的我，不是革命家的我，沒有信念的我，卻也無法進行日常平凡的對話，就這麼長大成人逐漸老去，變成一個老頑固。所以說爸爸啊，我還眞是委屈！但無論我怎麼想，父親都已經死了，去世後還像個革命家一樣，在遺照中以嚴肅面容裝作一副若無其事的樣子。

★

揉著背的二堂姊慌忙地把話題岔開。

「姊姊，再打電話看看吧。二叔就只有這麼一個弟弟，不來的話，有點說不過去吧？」

「他又不接電話，我有什麼辦法？」

「再打一次吧！也許現在已經起來了。」

姊姊們很在意小叔沒來，似乎趁我沒注意時打了好幾次電話過去。大堂姊立刻略過慶熙的話題，又去打電話。鈴響超過十次，但都沒人接聽。大堂姊看了我的眼色，但我沒跟她們說我和小叔通過電話了。如果姊姊們發現，小叔已經知道父親過世卻還是不來，一定會更加傷心的。

「鵝異啊，小叔馬上就會來，大概昨晚又喝醉了。自己的哥哥過世，哪能不來呢？」

其實我無所謂，不見面還更舒坦些。但是正如姊姊們所說，小叔是父親唯一還活著的親手足。雖然兩人這輩子不像別人家的兄弟一樣友好，但畢竟身上流著相同的血脈。父親的理念讓他們產生隔閡，父親固然是選擇了自己認爲正確的理念，但小叔對這種理念卻是恨之入骨。難道我臉上流露出十分遺憾的表情？

「鵝異啊，妳不知道吧？」

大堂姊緊挨在我身邊坐著，看了看四週，低聲說道：

「尙旭叔叔大概也不知道，因爲我沒跟任何人說過，除了我以外，沒有其他人知道。」

高家人都憋不住心裡話，所以身爲血統純正高家人的大堂姊，竟然沒跟任何人說過這事，眞的很難以置信。

「那是發生在麗水順天叛亂的時候。當時我應該是一年級，小叔是二年級，因爲山城分校是兩個年級編成同一個班，所以小叔和我在同一個班。」

我還是第一次知道小叔和大堂姊只差一歲的事實，也就是婆婆和兒媳相隔一年各自生下了兒子和女兒。奶奶十三歲就出嫁了，所以是有這個可能性，這種事情在那個年代也不算罕見。雖然是相差一年出生，但或許是因爲叔叔這個稱呼，讓我一直以爲大堂姊的年紀比他小很多。

大堂姊說那是在麗順事件發生後，大約過了十天，她還記得是在秋收結束，早晚微涼的晚秋。父親因爲被通緝，所以有好一段時間不見人影。後來父親率領十四聯隊，雄壯威武地出現在村裡。十四聯隊在潘內谷停留了一個多星期，小村裡從來沒有出現過那麼多軍人，大堂姊說那場面就像是辦喜事一樣。村子裡包括小叔和大堂姊在內的孩子們好像迷上了那些年輕軍人，只顧著看他們訓練的模樣，渾然不覺時間的流逝。某一天清晨，大堂姊跑去想看軍人，但軍人在夜裡全部離開了，原本非常熱鬧的日子就像夢境般完全消失。潘內谷就像結了霜的南瓜葉一樣淒慘，大堂姊也垂頭喪氣地去了學校。上完兩個小時的課，忽然有拿著長槍的軍人衝進教室。

「看過高尚旭的人舉手！」

從軍人口中說出父親名字的瞬間，八歲的大堂姊的心瞬間沉了下去。雖然年紀很小，但大堂姊憑直覺認爲不能說出高尚旭是自己叔叔的事實。她也害怕有人會說她是高尚旭的侄女，不自覺低下了頭。但是因爲個子矮，坐在大堂姊兩排前的小叔一下子舉起了手。

「高尚旭是我二哥！他是文尺面＊這裡的黨委員長。」

面黨委員長算是面裡職位最高的人，小叔對這個哥哥是深感自豪的。

「太好了！你是什麼時候看到高尚旭的？」

「村裡殺了三頭豬，跟軍人們一起擺了五、六天的宴席。今天一睜開眼，就沒看到他們了。」

要是坐在他旁邊，眞想撞他肋下，好讓他把那張臭嘴閉上，但因爲座位離得太遠，也別無他法。大堂姊內心十分焦慮，但小叔卻毫無遮攔地把一切事情都說了出來。大堂姊對於一九四八年秋天、她八歲那年的事，記得就像前一天剛發生的事情一樣清楚。

那天，軍人們拿槍對準九歲的小叔後背，進到了村裡。由於父親事先告知要大家躲避，所以村裡只剩當時擔任區長的爺爺。爺爺和父親不同，他是韓民黨的支持者，對身爲社會主義分子的父親最爲不滿意的也是爺爺。爺爺雖然聽到父親說要他躲進山裡，卻依然沒有離開，而父親理所當然地以爲既然話已經傳到，爺爺就一定會躲進山裡。我不知道爺爺爲什麼沒有離開，可能因爲他平時是右派，所以確信自己不會被歸類到叛軍那一邊。要是小叔那時沒有說村裡宰了三頭豬，舉辦宴席，爺爺能不能按照自己樂觀的想像活下來？那天到村裡的不是求禮警察，而是外地軍人，幾天前才被十四聯隊折磨的他們會不會在乎爺爺是右派還是左派，如今不得而知。當然，這些都是過去的事了，當天在場的人只有軍人、爺爺和小叔，所以現在自然無法知道眞相。

軍人們在離去之前挨家挨戶放火，無論是貴族所住、歷史悠久的韓屋，還是平民百姓的茅草屋，全都無法倖免。火勢蔓延開來，潘內谷瞬間被黑紅火焰所吞噬。看著自己的房子著火，村民們只能頻頻跺腳，卻無法下山滅火。確認軍人的身影消失在公路彼端之後，人們才陸續回到村子。村莊亭子籠罩於煙霧之中，爺爺的屍體倒臥在該處，而當時正是大堂姊發現一身尿味、昏厥過去的小叔。

「如果那時……小叔沒有舉手的話，爺爺是不是能活下來……」

大堂姊用衣帶擦著眼淚喃喃自語。

那天，潘內谷的人因爲房子被燒毀，連一床被子、一件衣服都沒能收拾，就只穿著身上的衣服四處分散而去。

＊「面」是韓國行政區劃分的一個等級，相當於鄉鎮規模。文尺面位在全羅南道的求禮郡。

「我們去了外婆家，也不知道奶奶帶著小叔和姑姑們去了哪裡。經歷這麼大的事，再回來的小叔完全變成另一個人。以前小叔的外號叫『麻雀』，只要眼睛一張開就吱吱喳喳瞎說，所以才說他口無遮攔。但自從發生那件事情之後，也不知他是不是覺得自己對不起爺爺，那張嘴總是緊閉不說話。到我嫁人之前，聽他說話不超過五次。他可能也覺得是因爲自己那天亂說話，害得爺爺被槍殺。那張一秒鐘都闔不上的嘴，後來完全閉上。他後來娶了媳婦，生了孩子，雖然好了一些……」

我不清楚曾經發生過這樣的事，只知道因爲身爲社會主義分子的父親，導致小叔家破人亡，學業也中斷，所以他處處埋怨父親。當年九歲的小叔只不過是誇耀自己哥哥，又怎知因爲這種誇耀會讓自己的父親走向死亡？會不會小叔只是埋怨他九歲那時所知的哥哥，而非一輩子都在埋怨左傾的父親呢？對於小叔不喝醉就無法承受的人生、只能針對父親宣洩的憤怒，我第一次覺得他十分可憐。

「當時我也只是孩子，根本什麼都不敢說，直到今天才能把當年的事說出來。其實這麼一想，生不逢時的尙旭叔叔固然可憐，但小叔也很可憐……說不定小叔也在想著當年的事情呢。就從那天起，兩兄弟成了仇人……」

燃燒的村莊，濃烈的秋日天空，灰色煙霧瀰漫，在濃煙中嚇出尿來而昏倒的九歲小叔；被開了三槍、死不瞑目，躺在祖祖輩輩吟詩的亭子前的爺爺。大堂姊的故事如此生動，我彷彿也一瞬間來到一九四八年秋天的潘內谷。

「孩子啊，萬一小叔不來，妳也別太難過，他一定是喝得爛醉如泥了。」

父親知道這事嗎？比你年紀小很多的老么對於任職面黨委員長的你如此自豪，可是卻因此把你的父親推向死亡，使他一生憾恨難當，甚至把令他自豪的哥哥都當成了仇人。父親也許知道吧？所以他才願意聽小叔那些惡言惡語，以佛祖雕像一般的姿勢，默默坐在我們家或小叔家的地板上頻頻抽菸。但也有可能父親並不十分清楚，畢竟誰都沒看到當天的真相。那一天小叔獨自承受的恐懼和罪惡感，不在場的人能明白嗎？小叔終究有自己的難言之隱，那種如果不是大醉於烈酒中，一刻也無法承受的難言之隱。

★

接待室很吵，但外面卻傳來更大的噪音。我從拿喪服衣帶不停擦著眼淚的大堂姊身後站了起來。大堂姊過去總是大剌剌、毫無顧忌的個性，在這一刻卻變得十分細膩，就像是只稍用指甲一戳就會流出汁、熟透了的水蜜桃，讓我覺得既神奇又驚訝。我眼前這位眞的是我所熟知的那個愛管閒事、講話嘴角會結白色唾沫的大堂姊嗎？我眞的了解她們嗎？我帶著這樣的疑問打開接待室的門，看到一位老人向花圈揮舞著枴杖。

「郡守？這又是什麼？國會議員？」

在十多個不知何時送來的花圈上，知名的國會議員名字映入眼簾。這個國會議員當然與我們素不相識，他是曾投身於勞工運動，現在加入進步政黨的國會議員。這樣的人是怎麼知道父親的死訊，又是以什麼理由送來花圈，實在不得而知。九〇年代後，父母曾接受過幾次採訪，之後即使不是記者，也有不少人前來拜訪，也許這個國會議員就是其中之一。

「游擊隊員死了就應該拍手叫好，拿國家俸祿的人到底在幹什麼？是不是想要被赤化統一啊？」

黃社長先前不知道去了哪裡，一進門就快步走來。

「哎呀，幹麼這樣？又不是不認識。」

黃經理把老人拉進辦公室，向我眨眨眼，示意我回去。老人右邊褲管自大腿以下空盪盪的，但這名行動不便的老人力量奇大，黃社長使盡全力也絲毫拉不動他。

「高先生不是大哥您的朋友嗎？朋友都過世了，還要來毀謗他嗎？」

「朋友？什麼朋友？就是他讓我哥哥變成游擊隊的，害得我們家道中落。哈哈，太爽了，死得好啊！」

被黃社長一步步拉走的老人轉身吐口水。全大韓民國裡難道只有那個老人對游擊隊員指指點點？這就是父親度過的歲月。我腦子裡雖然這麼想，但心臟卻還是怦怦直跳。在二十一世紀的今天，正直、聰明的父親仍然是一個可以被隨意吐口水的游擊隊員。

「喂，黃社長，我到底該不該生氣？你也稍微想一想吧！我和越共作戰，斷了一條腿，國家卻連一毛錢也沒給我。他這個打游擊的死了，什麼郡守、國會議員竟然還送花圈來，這像話嗎？難道他是獨立軍還是愛國志士？這傢伙是個叛徒啊，叛徒！」

他們兩個人進入辦公室後，我也沒能離開。鋪著水泥的停車場裡，烈日炎炎，熱度絲毫不亞於盛夏。炙熱的地面上忽隱忽現地冒出熱氣。

「喂，妹妹，快進去吧。」

我什麼話都沒說，黃社長親熱地拍了拍我的後背。

「沒什麼好介意的，他只要是哪家有喪事，就會去喝兩杯悶酒。耍賴、討幾杯酒喝就是他的樂趣。妳父親生前跟他處得也很好，還經常一起喝兩杯……他往往酒醒以後，都會後悔不已。別擔心，進去忙吧。」

黃社長匆匆向廚房走去，好像要去拿招待用的酒和食物。黃社長拿著酒和下酒菜回到辦公室後，我還是一直待在那裡。無論是爲了一杯酒還是什麼，老人的話都是眞實的。對於大韓民國的許多人來說，父親就是這樣的存在。也許有人會像老人一樣鼓掌說父親死得好也未可知。可是，在死亡面前也無法被原諒的罪是什麼呢？太陽升得更高，陽光變得更毒辣。

黃社長過來探頭探腦，和我目光對視之後，打手勢示意要我出來。他和跛腳老人站在花圈前，我這時才細細察看之前沒見過的花圈。求禮和谷城郡守、正義黨國會議員、校長、院長、系主任、什麼出版社等二十多個花圈排排站。大部分都是我不認識的人，但我能猜到是怎麼回事，有個跟我很好的前輩是母校的校長，這些人似乎是受到他的影響。一起參加學生運動的前輩在得知我的父母是游擊隊員後，曾帶著幾斤肉來到潘內谷。看來他即使現在已經出人頭地，但心態仍然沒變。花圈三天後就會被丟棄，在這上面多花錢其實並不合適，但前輩應該是心意堅決地想這麼做。我思考著這就是權力嗎？正猶豫是該高興還是該發脾氣的時候，因越戰傷殘的老人連連點頭，仔細讀著花圈蝴蝶結上的字句。

「妳叫鵝異吧？我常聽妳父親提起妳。」

用拐杖敲打花圈的老人一喝了酒，就頭腦清醒地喊我的名字。

「我剛才有點過分。我親哥哥死了，妳父親卻活了下來，這讓我很生氣。看到妳父親死了還能舉行這麼盛大的葬禮，我哥哥死時，卻沒有任何人知道。不過多虧了妳父親，我們才能知道哥哥去世的日子，還找到了屍體。如果不是妳父親，我們差點連葬禮都沒辦法舉行。」

老人把拐杖夾在右肋下，開始翻起口袋。他手裡拿著幾張皺巴巴的鈔票，一千元紙幣和五千元紙幣混雜在一起，老人硬是把錢塞進我手裡。喀嗒喀嗒，拐杖敲擊水泥地板的聲音漸漸遠去後，我打開一張張皺巴巴的紙幣，總共是一萬七千韓元。

「就當作是酒錢吧，他酒醒了以後還會再來。我會自己看著辦的，妳不用介意。」

父親爲什麼在出獄之後要回老家住呢？對於這點我一直很好奇。我曾問過他，他反而用驚訝的表情問我：

「拋下故鄉，我要去哪裡呢？」

求禮不僅是父親的故鄉，也是父親的戰場。這裡雖然有父親的親戚和朋友，但也有把父親當作敵人的人。儘管如此，父親還是毫無顧忌地生活在故鄉。他還和幾年輪調一次的情報科專門負責監視他的刑警們交流，甚至相處得不錯。對於我嘲諷他「你會想和監視你的刑警一起喝酒？」這個問題，他不以爲然地回答：

「巡警不是人嗎？」

「在別的地方如果是不認識的人還會開槍射擊，但是求禮人之間不會這樣。不管是游擊隊還是保守派，要是在路上遇到，就會先放下槍支。聽說求禮在解放之後，連肅清親日派的工作也沒能做好。」

高氏家族的一個親戚是親日派，靠著從事親日活動，賺了不少錢，還向日本捐獻。解放後，村裡的年輕人把他拉到堂山樹*下，高喊要打死他。一個血氣方剛的小伙子拿著鐮刀走近他時，有人大喊了一聲，是小伙子的母親。

「如果不是這個人，你早就死了！」

小伙子年幼時罹患痢疾瀕臨死亡，那個姓高的人幫忙付了醫療費。旁邊的人各自開始插話道：

「我家孩子都要被拉去當學兵了，就是這個姓高的幫忙我們的。」

高氏的聲討會場很快就變成了讚美大會，本來想打死他的那批年輕人只能不了了之，尷尬地離開。

---

*過去在每個村落的入口，都會種植一棵大樹，平時村民會在樹下乘涼，遇有需要全體村民議決事項時，也會聚集在樹下。

「無論是爲民族、爲思想，只要不喪失人性，亂世之中，也能存活下來。」

這話似乎意味著，父親自己也像高某一樣沒有失去人性，所以即使身爲赤色分子，還是可以在家鄉生活的。對於父親以及求禮人，這種能與曾經敵對的人和諧相處的態度，我一直覺得很神奇。會怒罵他死得好，還吐口水的人，父親是怎麼能夠跟對方同席喝酒？雖然已經無法聽到，但我好像知道父親的答案。那就是人啊。每次我大聲說人怎麼能這樣那樣時，父親都會說：那就是人啊。因爲是人，所以會犯錯；因爲是人，所以會背叛；因爲是人，所以會殺人；因爲是人，所以會饒恕。但我和父親不同，我不喜歡滿是錯誤的人，所以在一般情況下，我不會和他們建立關係。這也可能是因爲成長過程中，一直看到父親被人背叛所致。

「喂，孩子！」

黃社長高喊某個人，是一個黃髮女孩。那孩子在幾小時前，也就是老人揮動拐杖時，便在停車場角落徘徊。

「喂，妳是五岔路口超市老闆的孫女吧？」

黃社長一認出她，那孩子就猶豫躊躇地向我走來。如果是五岔路口的超市老闆孫女，她的父親我也見過幾次。讓弓著腰的母親關在只有三坪多一點的小商店裡度日，他居然自己坐在超市外的涼床上喝酒。雖然不知是什麼原因讓他受挫，但他也像小叔一樣，似乎認定酒是他唯一的朋友，因爲我從未見過他跟誰對飲。他的女兒大概有十七、八歲，一臉稚嫩的模樣，皮膚格外黝黑。

「妳認識我父親嗎？」

孩子點點頭。

「怎麼認識的？」

孩子在水泥地上磨蹭著那雙隨處可見的三線拖鞋，猶豫不決地說道：

「……我們是一起抽菸的朋友。」

我不由自主地笑了出來。她竟然是八十多歲父親的菸友？可能是傷了她的自尊心，孩子睜大了眼睛瞪著我。

「怎麼會……」

雖然眼神很凶，但似乎很聽話。

「我穿著校服抽菸，結果被爺爺發現，他敲了我的後腦杓，要我有點良心，至少先換掉校服再抽……」

「所以呢？從那之後開始有良心了嗎？」

「不，我被退學了。」

輟學的孩子和我父親因爲一起抽菸而成了朋友。她朝接待室探頭探腦，應該是想來弔唁吧。

孩子把一朵菊花放上祭壇後靜靜站著，凝視父親的遺照。好像是第一次弔唁。

「要行禮嗎？行兩次禮就行了。」

按照吩咐，孩子行了兩次禮，和我之間的對拜則是省略了。行完禮的孩子偷偷擦淚，她和父親似乎有著不爲人知的故事。我把原本要直接離開的孩子拉到內側的桌子邊，還是讓她吃點東西再走比較好。如果我是父親，一定會這麼做。

「看來妳和我父親關係很好。」

孩子喝著可樂點頭說道：

「爺爺說過，我媽媽的國家是全世界唯一戰勝美國的國家，所以要感到自豪。那些孩子們整天只會嘲笑我……」

她的媽媽可能是越南人。跟孩子談論起美國帝國主義，眞不愧是我的父親。頭髮染得黃黃的、抽著菸、被高中退學的孩子經歷了些什麼我當然不清楚，但父親應該知道，而且以父親特有的方式安慰了她。若無其事地對待才是父親會給的安慰。這種安慰有時會給人帶來傷害，但大致上還是很有效的。

大學的時候，我曾帶一個朋友來家裡，他小時候被嚴重燒傷，右手食指被截斷一節。當被問及什麼時候去當兵時，朋友舉起了被燒傷的手指。

「太好了，不用去當兵了。如果只是小指被燙傷，那不就太可惜了？可能還得去服兵役……」

我每次見到那個朋友，都會因爲他手指的緣故而特別小心說話，但我聽到父親的話之後不由被嗆到，朋友則是突然拍掌大笑。後來那個朋友說我父親是第一個不可憐他，把他當一般人對待的人，而且他也好像因爲父親的話，洗盡了從小到大所有的悲傷。

吃著辣牛肉湯的孩子看著餐桌上的燒酒瓶，再次流下眼淚。

「爺爺說考上了就要請我喝酒……他沒守約定……」

父親每天叨念孩子，要她學習，有時還買菸請她抽。孩子終於被父親說服，正在準備同等學歷考試，她說幾個月後就要考試了，父親曾跟她勾手指約定，說考上了就要請她喝酒。

「那杯酒，我能不能代替父親請妳喝？」

雖然是未成年人，但因爲不是在校生，所以喝個一、兩杯也不會有問題。孩子熟練地遞出燒酒杯，一口乾掉一杯燒酒的孩子全身發抖。

「看來妳是第一次喝酒吧？」

「不是！我喝了很多次。」

就像這年紀的孩子一樣，她豪氣地喊道。我似乎明白了父親和這孩子變得親近的原因。

「不像是喝過的樣子啊！」

「因爲是燒酒嘛，我很能喝啤酒的，比爺爺還厲害！但是爺爺說啤酒哪是酒，要喝就喝燒酒，還說要教我怎麼喝……眞他媽的苦耶……」

髒話冒出口的孩子自己也嚇了一跳，趕忙捂住了嘴。雖然把頭髮染得黃黃的，但孩子就是孩子。可能是感覺到我的視線，孩子把自己的頭髮弄亂，急忙說道：

「下次我要染成粉紅色！」

她平常似乎只得到他人尖銳的視線，但這孩子不想臣服於那些視線的氣勢，應該是讓父親很喜歡她的原因。

「粉紅色更適合妳。」

尷尬的孩子乖乖地吃起辣牛肉湯。

「等我考上美容師執照，爺爺答應我拿他的頭練習……呿，他也沒多少頭髮。」

孩子又悄悄地擦了擦眼淚。同等學歷、美容師執照……孩子離開學校後，爲了未來的生活，比在學期間更加努力過日子。看她把頭髮染黃，以爲她只是個愛玩的孩子，我不禁爲自己輕易下判斷感到抱歉。妳看，我說過什麼？不是讓妳要相信人嗎？如果父親還活著，一定會這樣責備我。

「喂！鵝異！妳出來一下！議長和長輩們都來了！」

有人用嘹亮的聲音喊道，不用看也知道是誰，正是當年才十三歲就爲了尋找父親而進入山裡的少年游擊隊員。他在山上失去了父母和兄弟，十五歲時被逮捕，以非轉向長期囚犯身分*，足足坐了三十七年的牢。他在一九八九年獲釋，回到

---

*專指韓戰期間或之後遭到長期監禁，卻未放棄共產主義等信念的人員。冷戰期間，反共意識強烈的南韓政府往往以《國家保安法》之名判處這類人終生監禁，並以各種方法使他們放棄其政治立場。

潘內谷投靠我母親，他和母親一樣隸屬於南部軍。

那時是秋天，不知什麼原因，我也在家。那天他和父親一起去撿栗子，回來時，雙手抱著滿滿的柿子樹枝，上面還有結實累累的柿子。栗子園和我們家中間只有堂叔家。那位堂叔爲人十分吝嗇，曾痛罵自己的孫女沒用，不但浪費糧食，還浪費了珍貴的柿子。那傢伙竟然把結滿快熟透的大封柿子樹枝折斷，一定會讓村裡鬧翻了天。眞不知該說他沒心機，還是要說他不懂人情世故，總之，這個人我很看不順眼。

「怎麼連問都不問，就把人家的東西搞成這樣？」

我當場才說了一句話，媽媽就堵住我的嘴巴。如果是別人那樣做，母親肯定會先開口責備，可是現在竟然站在他那邊？這讓我十分困惑。

「他還是孩子嘛，孩子知道什麼？」

我哼了一聲。

「再過幾年就六十了，怎麼會是孩子……」

「他十三歲就進到山裡，一輩子都被關在監獄裡不是？根本沒學過怎麼生活，妳就體諒他吧！」

在監獄裡光是睡覺嗎？那裡也是人的世界，爲什麼不知道怎麼生活？我把這些湧到喉嚨的話全嚥了下去。

「他年紀雖然小，但妳不知道他跑得多快，自己一個人跑遍智異山，擔任聯絡的工作。問他不害怕嗎？這孩子竟然回答，一想到所有同志的生命都靠他維繫，他就不怕了……」

母親彷彿又看到那個孩子出現在眼前似的，拿衣袖抹著淚。母親有好幾天一直跟在他後面，不厭其煩地照顧他，就好像他是一個剛學會走路的孩子一樣。

「喂！鵝異！」

當年獲得所有老游擊隊員加倍疼愛的少年游擊隊員喊得越來越大聲，看來我不出去，他是不會停了。我雖然不喜歡他，但因爲我是喪主，所以沒道理不去接待他。就在我轉身面對少年游擊隊員之前，我告訴那孩子我的電話號碼。

「考上了就給我打電話，我代替爸爸請妳喝燒酒。」

也許是擦了ＢＢ霜，她臉上的淚痕格外明顯。孩子點了點頭。我該去接待父親的其他朋友了。

父親那些同志的追悼進行了三十多分鐘，圍坐在弔唁室裡的前游擊隊員有二十多人。除了那名少年游擊隊員之外，大部分年紀都與父親差不多，全是超過八十歲的高齡長者。他們聽到訃聞後，不顧自己身軀已經老邁，立即從首爾、釜山、光州趕來。有幾位因爲住院沒能前來，還聽說有人患了老年痴呆症，即便收到了訃聞，卻沒能聽懂那是什麼意思。

二十多個前游擊隊員輪流致悼詞，他們這群老人的內心話因爲醞釀了一輩子，所以悼詞一直說個沒停。前來弔唁的賓客試圖進來時，似乎感到氣氛有些奇怪，猶豫一陣之後轉身離去。我起身走向接待室去和那些人打招呼。弔唁室裡擠滿了老革命戰士，他們周圍似乎出現奇怪的結界，換做是我來弔唁，也必定不會輕易踏入。老戰士的聲音極其特別，甚至傳到接待室來。他們那充滿決心的語氣、彷彿即將實現兩韓統一的興奮，都在在讓我感到不舒服。我父親也是這樣。如今認爲民族分裂是理所當然的人越來越多，年輕一代也不認爲民族統一是世上最大的課題，這樣的現實讓他倍感憤慨。

「不管你怎麼想，那就是現實啊，不然能怎麼辦？你想否認現實嗎？身爲社會主義者的你要否認現實？」

我大部分都是在諷刺他，父親則是憤怒地瞪著我，閉上嘴巴。他之所以閉上嘴巴，是因爲身爲現實主義者的父親也知道社會的情況。父親雖然對自己的信念不曾後悔，但他畢竟是人，在面對像怪物一樣擴張、氣燄高漲的資本主義，無論他是否有過絕望或悔恨，都有可能暫時陷入某種悲傷的情緒。當父親意識到自己冒著性命危險進行的戰鬥很可能是毫無意義的行動時，他的心情又會是如何？

這一題我連問都沒有問，之所以如此，是因爲我連想都沒想過。我從不曾爲了什麼而賭上自己的性命，也不可能只憑父親幾句話就能完全理解他的想法。無論是正確或錯誤，就結果而言，父親都曾冒著性命危險去守護過什麼，而我只是從所有令人不舒服的現實中退後幾步，在旁邊嘟嘟囔囔而已。這樣的我有資格諷刺父親嗎？我第一次對父親感到抱歉。對於從進門的瞬間，就讓我感到不舒服的父親的同志們，我甚至爲了這股不舒服深感抱歉。在這一瞬間，父親的同志們也提高嗓門，敘述與父親的緣分和對於祖國統一的熱情。每當來到一個同志的葬禮，參加的同志就會減少一、兩個，大概十年後，即使收到某人的訃聞，他們也可能無法前往弔唁了。

悼念會終於結束，只聽過名字的一個老人叫住了我，他的眼神甚至比年輕的我還要炯炯有神。

「原本我們同志過世的時候，都會舉行統一愛國葬禮，但是高同志……妳也知道，他後來去自首了……」

父親在一九五二年僞裝自首，正因爲是僞裝自首，當然只有最高上級——全羅南道黨委員長金善宇知道這個內情。父親針對當時情勢研判，如果繼續這樣下去，游擊隊勢必會全部被剿滅，在此之前，無論如何都要想辦法回到民間重建組織。父親在重建組織的過程中又被抓到，因而判處無期徒刑時，他也秉持同樣的判斷，無論如何都要想辦法回到民間，於是不得不轉向，也就是做出改變政治立場的決定。對於這個決定是對是錯，我並未投以太大關注，這也不是我能夠判斷的事。我只是很憤慨，那幾個生存下來的游擊隊員竟追究起父親是否轉變政治立場？是否眞是僞裝自首？他們這些人竟然私下分派結黨，議論個不休。

一位在一九八九年被釋放的非轉向長期囚禁政治犯因爲在光州監獄與父親關

係密切，出獄後曾來潘內谷拜訪父親。他雖然在監獄生活了將近四十年，但即使是站在首爾狎鷗亭的畫廊前，他一身西裝的穿著也非常醒目而得體，他那個長相甚至可以去當演員。過去他是全羅南道長城郡大戶人家的長孫，因爲自己的緣故，整個家族完全支離破碎，連可以回去的故鄉都不復存在。

「你在首爾怎麼過的？」

父親如此問他，他卻只是稱讚母親做的乾菜好吃，顧左右而言他。

「看來你在首爾有交往的人了？」

他尷尬地笑著點了點頭。

「那女人是做什麼的？是不是被你那張臉誘惑了？」

「開一個小餐廳過日子。」

「你是沒有手還是沒有腳？爲什麼要壓榨人民過日子啊？而且還是女人？你需要勞動啊，勞動！」

他放下湯匙，無意識地望向天空，低聲喃喃自語。

「勞動……勞動……太苦了。」

直到那時爲止還強忍著的我，一聽到游擊隊員告白說勞動太苦了，不禁噗哧一聲笑了出來。也許他也覺得自己太無恥，苦笑著補充說道：

「我做了三天苦工，結果住院三個月。我再怎麼樣也沒辦法和勞動親近。」

「你那個資產階級的脾性，就算頭髮白了也沒法根除。那你當初爲什麼要成爲社會主義者啊……」

父親好像也在那時理解了資產階級大叔。在工作的父親身邊，他從來不出手幫忙，來了一個多星期，就只顧著聊天。在那之後，他也經常來拜訪父親。九三年冬天，他和父親用悲壯的語調，徹夜竊竊私語。正如前面所說，我們家的牆壁是用單薄的土磚砌的，那些所謂的輕聲細語是連我的房間也能聽到。

「我申請去北韓了。」

「北韓又不是你的故鄉，你幹麼去？」

「我又不能回故鄉去……住在一起的女人還很年輕，總不能讓她一輩子伺候我這個老頭子吧？就像你說的，靠女人吃飯真是很丟臉……」

「你去北韓能做什麼？去搶貧窮人民的飯吃嗎？他們自己都吃不飽了……你就別去了，留在這裡發揮你的專長，幫忙從事統一運動不是很好嗎？」

他畢業於東京帝國大學法律系，是當時最優秀的知識分子。

「我們都已經老了，還談什麼統一運動？」

「向這個社會說明我們是怎麼活過來的，就是統一運動；對年輕人大聲諫言，也是統一運動！你覺得統一運動還能怎麼做？」

好一段時間兩人陷入沉寂。雖然隔著牆，但我覺得自己能感受到他們兩人的表情和呼吸聲。資產階級游擊隊員輕輕嘆了一口氣說道：

「從現在起，我想有尊嚴地過上舒服的日子，我沒辦法像你那樣活著。」

雖然父親也可以說些他受了資產階級餘毒之類的話，但他終究沒有再開口。所以我想，如果不是因爲我和母親，父親是不是也會選擇前往北韓？在那裡獲得自己年輕歲月拚上性命想得到的認可？

資產階級游擊隊員又加了一句話：

「我真的很討厭勞動……害怕勞動……」

因爲這句話，父親放聲大笑。

「你如果真的去北韓，這話可千萬別說出口，不然成了人民裁判的最佳對象。」

資產階級大叔也吃吃笑了起來。那天晚上是父親和他的最後一夜，從那天以後，父親再也沒有見過他。是生是死，連個消息都沒有。就算他還活著，父親的訃聞也無法發到北韓給他。

我後來又見了他一面。有一天他打電話給我，說去北韓之前，有個事情一定要跟我說。我說要到他家附近，他卻堅持要在我家見面。我雖然不願意和不熟悉的人在一個簡陋、狹窄的房子裡見面，但他說只要一下就可以了，所以我不得不把我住的地方告訴他，而他也眞的只是坐了一下就離開。

「在我離開之前有件事一定要告訴妳，所以才約妳見面。妳知道你父親是僞裝自首的吧？」

我當然知道，父親對自己的錯誤完全不會加以掩飾，雖然我也不認爲僞裝自首是個錯誤。

「妳絕對不要懷疑妳父親，因爲是僞裝自首，所以當然沒有給其他人知道，這才叫做僞裝自首嘛。只有金善宇知道，他在過世之前告訴我關於妳父親的事。他說如果組織獲得重建，要我也去僞裝自首，跟妳父親會合。不知情的人也許會責罵妳父親，但是只有我知道這個事實，所以妳一定要相信妳父親。」

他用力握緊我的手，要我相信父親。就算是自首，我也不想指責父親或者任何人。爲了生存而自首，這又有什麼罪呢？但是他的想法和我不同，他似乎認爲是否改變政治立場、是否自首，足以成爲判斷一個人畢生的座標。

他似乎完成了在韓國的最後一個任務，臉上帶著輕鬆的表情和我握手道別。當天他穿的是棕色燈芯絨褲和 Burberry 大衣。他前往北韓以後，能否遠離不熟悉的勞動？好好享受舒服的生活？我久久地看著他的 Burberry 大衣下襬隨風飄舞，逐漸遠去的身影。除了祝您健康的客套話之外，我說不出任何其他話。

就像打算前往北韓的他，必須鄭重告訴我僞裝自首的眞相——由於怕人聽到，還非要選到沒有旁人的我家來說。父親的自首對參加父親葬禮的人來說，是個非常嚴重的問題。這似乎是志節高超的革命家絕難容忍的變節行爲，而那一紙改變政治立場的聲明書，更讓父親有了無法和入獄幾十年的同志平起平坐的重大墮落。但是我和他們的想法不同，所以沒法搭話。

眼神炯炯的老人遞給我一張紙，上面寫著「統一愛國人士高尚旭追悼會」。父親不是他們的同志，只是愛國人士，也就是說父親只不過是和他們一起進行統一愛國運動的某個人而已。

「雖然如此，他的最後一程也不能連一條橫幅都沒有吧，妳就按照這上面寫的，去訂做幾條橫幅懸掛起來吧。」

我之所以回答要問母親的意思而轉身離去，並不是因爲對他們感到失望，只是不想在父親的故鄉掛上「統一愛國人士高尚旭」這樣的橫幅。躺在喪主休息室裡的母親一聽到這個建議就艱難地起身搖手。

「孩子啊，這個不行呀。因爲妳父親的緣故，連陸軍官校都沒能入學的吉洙還活著呢，高氏家族有四個公務員，難道還要在他們的胸口上釘釘子嗎？人走了，幹麼還這樣大張旗鼓……妳大伯母怕是會氣得從墳墓裡跳出來。妳去跟他們說，就安安靜靜地送妳父親走吧。」

我傳達了母親的話之後，老人的眼裡充滿怒氣。

「大韓民國早就已經民主化了，難道連個橫幅都不讓掛？發生什麼事的話，我來負責，妳再去跟妳母親說一下。」

我也知道絕對不會發生什麼事。雖然現在是保守政黨執政，但警察絕對不會因爲掛上這樣的橫幅就來調查。就算來了，最多也就是撤掉橫幅，還能做什麼呢？因爲掛上一條橫幅就被關進鐵窗裡的時代早就結束了。雖然暗地裡可能會有不利的影響，但是我也不過是一個兼任講師，又能把我怎麼樣呢？然而老人似乎理解成是因爲害怕，所以不掛橫幅。難道要一字一句地加以說明，藉以平息老人的怒氣嗎？弔唁客接連不斷湧來，在那個尷尬的瞬間，一張熟悉的面孔映入眼簾。那是父親在晚年比跟我這個女兒更親近的一個人，尹鶴洙，這人跟我還是同一所大學畢業的。

從幾年前開始，父親只要見到我就會詢問：

「妳認識一個叫尹鶴洙的人嗎？聽說也是妳們學校畢業的。」

雖然我回答不認識，但他還是問了好多次。後來我才知道，原來是父親非常喜歡他，所以非要介紹給我認識，要我放在心上的意思。那個尹鶴洙放棄前途看好的大企業職務，在連薪水都沒有的地區社會研究所工作，他爲了調查麗順事件的眞相來到求禮，認識了父親。從那以後，他就成爲父親超越年齡的莫逆之交。

某一天回家一看，廚房裡有一鍋父親喜歡吃的凍明太魚湯。但是和平時不同，魚肉都碎了，很難下嚥。

「魚湯怎麼變成這樣？」

「就是啊，鶴洙拿來一箱魚，我以爲是凍明太魚，結果搞成這樣，根本沒辦法吃。」

後來才知道，鶴洙拿來的不是凍明太魚，而是生明太魚。他聽說父親整個冬天都在吃凍明太魚湯，所以好不容易才買來的。我父母在那之前沒有吃過生明太魚，就像煮凍明太魚湯一樣將魚煮得爛熟，肉都碎了。鶴洙把珍貴的生明太魚作爲禮物送給父親，但父親卻總是責備他，說他把不能吃的東西送來。

鶴洙花光了自己的離職金，招待拍攝游擊隊紀錄片的導演和老人一起去濟州島旅行，因此比起我，他和老人們更加親近。我抓著前來弔唁的鶴洙敘述剛才發生的事。他雖然和我父親沒有任何血緣關係，卻像父親一樣話非常少、喜歡說冷笑話。鶴洙不置可否地說道：

「我會看著辦的，妳去忙妳的，又有客人來了。」

「哎呀，同志們！……」鶴洙大步向老人們走去。他的背影十分穩重，如果有這樣的兒子，父親走的時候，心裡會不會更踏實一點？小的時候，雖然我在旁邊，但大姑父還是經常挖苦父親，要他去外面生一個兒子回來。往往是左耳進右耳出的父親，有時聽到生氣就會把我舉起來。

「我只要有這丫頭就滿足了，根本不需要兒子，話怎麼這麼多？鵝異，妳會比兒子更好對不對？」

雖然當時我只有小學三年級，但對於大人之間的對話十分清楚，我當然也沒有忘記反擊姑父。

「當然啊，聽說基東這次得了第三十名呢！」

基東是大姑家最小的，也是唯一的兒子，和我讀同一個班。

「我們家鵝異呢？」

「第一名！」

「眞是比兒子還好啊！」

父親放聲大笑，繞著院子跑。蔚藍的天空裡平鋪著雲團，不知道他爲什麼那麼高興，騎在父親脖子上的我笑得後背都濕透了。水井邊盛開的甜梔子花香氣濃得讓人窒息。

我也曾有過無憂無慮的幸福日子。

隔年，父親被關進監獄，我失去了父親。那時的我比現在更不幸，雖然知道他被關在光州監獄，但不能見面的父親就像沒有一樣。小時候因爲母親身體虛弱，父親用他全副的精力陪著我玩。不能見到父親，我覺得自己就像失去了整個世界一樣。當時失去的父親，也許我到現在都還沒找回來吧？在永遠失去父親的今天，我不知怎的，感覺有些委屈。

妳跟那些送花圈的國會議員是什麼關係？現在是正式教授，還是講師？這麼多人來弔唁致哀，全都是妳的客人嗎？爲了接受與審訊沒兩樣的老游擊隊員提問攻勢，我渾身冷汗直流。爲了創造平等的世界而拚上自己性命的他們其實也和普通人一樣，認爲和那些有成就之人的關係很重要，因此我的出人頭地自然成了關注焦點。爲此，我的嘲笑和冷汗一起流出。

父親也是如此。

在我取得博士學位時、出版一本枯燥的學術著作時，父親都不會在我面前多說任何一句話，只是要我寄給他二十本博士論文和書而已。後來我才聽母親說，他將這些沒人會讀的論文和書送給鄰里之間的熟人，還花大錢請人喝酒。我在想，如果眞是社會主義者，不是應該以子女去當農民、勞動者爲傲？怎麼會因爲女兒拿到博士學位就高興成這樣？就是因爲如此，社會主義才會徹底完蛋。我在內心不自覺地嘲諷起來，但遺照裡的父親，氣勢不減分毫，依然是那個老革命家派頭，抽著香菸，遠遠眺望著智異山。

就在我想著要怎麼從游擊隊員的關心中逃離的時候，有個老女人輕輕打開門，把頭探進來，看看裡面的情況。她不僅身材矮小，腰也彎曲，身高看起來就像孩子一樣。我覺得她很面熟。幾年前，我在陪母親去醫院的路上遇過她。長期患有脊椎狹窄症的母親因爲疼痛越來越嚴重，已經到了無法躺、坐的地步。但是因爲年紀太大，很難做手術，最後我實在看不下去，上網搜尋到可以進行痲痹脊椎神經的治療法。母親一週要接受兩次治療，總共十二次。

就在母親接受了第三、四次療程那時，在離醫院不遠的公車站椅子區，矮小老人突然認出母親，一把抓住她的手。兩人高興地交談，然後說如果還活著，一定要再見面。

「那人是誰啊？」

「嗯，是妳父親第一個老婆的妹妹。妳沒見過嗎？」

我們家的族譜是這樣的：父親和母親都是再婚。他們就跟當時多數的人一樣，第一次結婚都靠是媒妁之言。當年已有心儀對象的父親在長輩定下的婚禮那天，硬被拉去舉行了婚禮。婚禮還沒結束，父親就跑得不見蹤影，然後再也沒回家。

行過禮的女人在父親進入山裡、入獄期間也一直等著。父親卻連會客都不肯見她。儘管如此，女人每週都去。有一次，父親終於同意見她，在鐵窗另一側，女人用手絹擦眼淚時，父親無情地說道：「不管是妳還是我，都只是封建制度的犧牲品。所以妳就把我忘了，和別人重新出發吧！」

這就是他們兩人的結局。

小學五年級時，父親在監獄裡，母親在農忙時節把我寄放在大姑家，自己一個人回去潘內谷，那裡有我家的幾畝田。有一天，一名陌生女子來到姑姑家。坐在前廊的地板上呆呆看著我的女人拿出白色手絹擦了擦眼淚，姑姑用彎曲的手撫摸著女人的後背，嘆氣說道：

「把像妳這樣的好人趕走，所以現在才會被老天懲罰，他真是該死。」

我一下就聽懂那個該死的人是我父親。那女人看著我的眼神十分淒涼。

「已經定好日子了，無論如何，覺得應該告訴你們這個事情，所以才過來的。請轉告他，我會好好過日子的，要他不用擔心……」

站起身來的女人就像無風的日子掉落的櫻花瓣一樣走近我，默默摸著我的頭。

「長得真像妳父親啊……」

不知她是不是很想生個長得像父親的孩子，就以望著父親一樣的眼神看著我。深邃、寧靜且多情，但十分悲切。

久久凝視我的女人從腰間掏出錢包，把一張五十韓元的紙鈔塞給我。當天是晴天，院子陽光明媚。女人靜靜走進那陽光中，我把女人塞給我的紙鈔扔到院子裡，就好像那是不能收的髒錢一樣。紙鈔無聲地在空中盤旋了幾次，落在陽光照耀的地上。

當時那女人的妹妹，也就是曾做過父親小姨子的人，來跟把自己姊姊推向不幸深淵的姊夫現任妻子親切打招呼，甚至還來到前姊夫的葬禮上。

母親高興地接待父親以前的小姨子，熱絡程度超越任何人。她因爲腰痛，沒能向其他人回禮，但唯獨與她對拜。兩個女人握著彼此的手，默默地看著對方好一陣子。我無法想像她們在無言之中分享了什麼樣的心情。

「謝謝妳。」過了好久，母親才開口說道。

「眞沒想到他就這樣走了。幾天前在女兒開的超市看到他，還很硬朗啊。」

離我家最近的超市是在五岔路口，父親可能特意跑到更遠的、由前小姨子的女兒經營的超市。求禮這地方可能就是用那種奇異又綿長的緣分，編織成如蛛網般繁複且嚴密的小監獄也說不一定。

「那個……」

鶴洙昂首闊步走進弔唁室。

「老同志們在問，打算要葬在哪裡呢？」

我還沒時間想這個問題，不能因爲父親說隨便灑就眞隨便找個地方灑。我曾想過是不是要灑在父親的主要舞臺白雲山？鶴洙好像讀懂了我的想法，再次問我：

「可能還是得送去白雲山吧？有沒有什麼中意的地方？」

雖然是村子的後山，也聽父親說過這地方很多次，但我從來沒有去過，也當然不可能有什麼我中意的地方。

「不知道妳父親有沒有提過，前年在白雲山韓齋，游擊隊老人聚在一起舉行追悼會。那一天妳父親致悼詞，說得眞是情深意切。要不要就把他送去那裡？」

我想起父親曾說過非常喜歡韓齋的赤松林。如果是那裡，會有許多貪吃松子的松鼠和鳥，因爲父親非常疼愛孩子和動物，所以應該不會感到孤單。

「就這麼辦吧！」

「我知道了。還有，老人們好像想跟著一起去下葬的地方，但一個個年紀都大了，與其讓他們在這裡守靈，還不如幫他們訂旅館房間，妳看怎麼樣？」

這又是意想不到的難關。我心想要把這裡交給誰，自己才能去打聽旅館，在東張西望之際，鶴洙似乎又讀懂了我的心情。

「我去附近旅館訂好房間之後，等一下把他們全部帶過去，妳就別操心了。趕快去接待吧，又有客人來了。」

巧合的是，父親以前的小姨子剛離開，母親以前的小叔不僅帶著妻子，還把三個孩子都帶來。如果是不了解我們家內幕的人看到這種情況，一定會大罵這究竟是在搞什麼鬼。

我從小就認識母親以前的小叔了。母親的前夫隸屬於南部軍，在洛東江戰線失去了連絡，十有八九是渡江時身亡。從監獄出來後，靠著做女性用品生意撫養婆婆和小叔的母親認識了我父親，在得到前夫家人的首肯後，母親與父親登記結婚。母親婚後也偶爾會去看望前婆婆和小叔們。曾是軍人的小叔非常寡言，所以很少開口，但給錢卻很大方。每次見面時，不僅是母親，連我都能拿到一大筆零用錢。我根本不知道他們是什麼關係，但老愛跟在那個叔叔屁股後面跑。

直到父親出獄之後，我才知道母親和那個叔叔的關係。

應該是在我高中三年級的寒假吧，父母正剝著乾栗子外殼，把游擊隊時期的回憶拿來當聊天話題時，日光燈突然故障了。父親原本想靠母親拿手電筒的光來更換燈管，但他的技術實在不怎麼樣，於是大發一頓脾氣之後就跑了出去。

「哎呀，什麼男人嘛，連燈管都不會換，尹載以前都自己一個人乾淨俐落地完成。這傢伙沒一個地方比尹載強，雖然長得是比較好看，也比較多情。孩子啊，妳把手電筒的光照過來。」

「尹載是誰？」

直到那時，我才知道母親是再婚的身分。我感覺到爲了換日光燈管而爬上椅子的母親突然停止動作。在外面抽菸的父親代替母親毫不猶豫地回答。

「還能是誰？就是妳母親第一個老公。在現任丈夫面前光明正大地提第一個老公的事，我看全大韓民國只有妳母親一個人。」

「哎呀，在孩子面前說那什麼話？孩子知道這些事情有什麼好處……所以啊，我就是每天都被你氣壞了。」

「孩子？誰是孩子？連牛都會大笑吧？這世上怎麼會有這樣的孩子？」

所謂孩子就是指我。我本來骨架就比較粗壯，再加上進入高三以後，成績沒點進步，體重卻迅速增加，身材變形得非常厲害。雖然像相聲一樣，隔著窗紙和正門之間，他們兩人展開緊張的心理戰，但無論是提起前夫的母親，或者是聽到妻子稱讚前夫的父親，我從他們身上都沒有感受到一絲憤怒。

我們家就是這樣。母親動不動就說我們尹載，父親則開玩笑說只有尹載才是我們尹載，難道我是別人的尚旭？我不能理解說那種話的母親，也無法理解聽到那種話卻不生氣的父親。有人說，是因為前夫已經不在這世上，所以他們才能這麼開玩笑。要不然就是死去的同志已經融入父親的靈魂裡，兩人合而為一了。

父親是尹載最要好的朋友和同志。父親和死去友人之妻婚後生活的心理，以及雖然常被拿來與死去友人比較，但從未生氣的心理，我至今仍無法理解。

父親毫無疑問是完美的理性主義者。有一次，兩名南部軍出身的男子前來拜訪母親。那是在作家李泰寫的《南部軍》出版後，不知怎的雙方就知道了彼此的連絡方式而聯繫上了。那兩人可能是生活過得還不錯，竟然在求禮最好的飯店訂了房間，然後把母親叫去。父親也曾跟他們見過面，所以就一起過去。聊了兩、三個小時之後，父親突然站了起來，

父親說完「道黨成員先行告辭，希望南部軍同志做個好夢」之後，就帥氣地

走出房間。雖然只要叫計程車馬上就有，但因爲沒錢，父親就從華嚴寺走了十六公里，回到潘內谷。他像過去一樣，沿途唱著革命歌曲，什麼雪下在太白山脈上、舉槍出征等等，他的歌喉不好，簡直是音痴，偏偏我卻完美地遺傳到他的歌聲。也許在唱起革命歌曲的那一瞬間，父親又重回能在白雪皚皚的白雲山上快速飛奔的二十歲時期。

不知爲何，我內心悽然地看著母親的小叔家人向父親遺照行禮。對他們來說，父親應該不只是搶走原以爲會一輩子在一起的嫂子。他同時也是哥哥的朋友和同志，倘若命運軌跡稍稍偏移，哥哥和這位朋友的處境可能會大不相同。也許這不過是隨處可見的現代史悲劇場面的一角。我父親既不偉大，也不奇特，這事也只是很常見的現代史悲劇在某一點上的扭曲，結果導致人們交織在一起的緣分全都起了作用。

遺照中的父親斜眼看著抱住母親的前小叔，兩人一起哭得抽抽噎噎。見到了妳那尹載的弟弟很高興吧？和看我弟弟的時候完全不一樣吧？不知怎的，總覺得父親像是在這樣詢問母親。

★

尚旭來了。

父親是高尚旭，來的是金尚旭。金尚旭高中畢業後在谷城務農，是天主教農民會初期的成員。我是在上大學的時候認識他。當然是托父親的福，或者說是因爲父親的緣故。在獨裁政權下孤軍奮鬥的谷城天主教農民會的幾個人打聽到韓戰當時擔任谷城郡黨委員長的父親，然後找到了他。成員中有六、七個人來訪，我們家太小了，容納不下那麼多人。於是父親把他們帶到潘內谷人只要是熱帶夜＊就會聚集起來避暑的橋下，雖然這地方一年之中的熱帶夜不到幾天而已。

我頭上頂著媽媽煮好的兩隻雞走了十多分鐘，心裡罵翻了。他們自己難道不會拿點吃的東西來嗎？其實當時潘內谷連公車都沒有，走兩小時路來到這裡的他

＊指夜間最低氣溫在攝氏二十五度以上，難以成眠。

們不可能自己帶吃的東西來，所以我的辱罵就當是因爲陽光太強，快把我曬暈的胡言亂語吧。

他們在櫸樹下脫掉衣服，跳到小溪裡捕魚。父親只穿著內褲，在岩石之間連蹦帶跳，並且大喊：

「過去了，過去了！」

站在對面的人向父親擁去。過了一會，父親舉起兜網。不知是鱸魚還是銀魚，幾條像大人手掌一般大的魚在兜網上方用力蹦跳。經陽光一照，魚的鱗片像金粉一樣閃閃發光。潘內谷的溪邊我也常去，沒想到這裡竟然有這麼神祕的事物，彷彿鱸魚不再是鱸魚，銀魚也不再是銀魚了。

嗚嗚嗚，哇哇哇，男人們大聲吶喊。僅有十餘戶住家，向來寂靜的潘內谷沸騰了起來。「沸騰」不單是文字描述上的比喻，潘內谷是位在山與山中間、坐落於山坡上的狹窄村莊，在男人們的聲聲吶喊中，整個潘內谷好像眞的往天空彈高三公尺，然後又落下來。當時是盛夏，萬里無雲，也沒有微風吹拂，整個世界彷彿暫時停頓了。我驚奇地看著那些像孩子一樣呵呵大笑、連蹦帶跳的男人好一陣子，在那群孩子之中，還有我那年近花甲的父親。

其中一人發現我頭上頂著燉雞，正看著他們。他突然停下來冷靜地說道：
「飯來了。」
嘩啦嘩啦的喧譁聲沒了，小溪邊頓時安靜下來，彷彿之前是一場夢。剛才還是孩子的人像個大人看著我，所有人都穿著內褲，我就像是個入侵者似的，於是趕忙轉過身去。過了一會，有人接過我頭上的餐盒，壓在頭上的重量也隨之消失。之前的騷亂已消退，文雅的男人們圍坐在櫸樹下。
「他是尙旭。」
父親突然說道。我不知道父親在說什麼，於是停下手上的動作，看著父親。
「我說他叫尙旭。」
哇哈哈哈，男人們一下子就笑開了。我剛擺好他碗筷位置的那人撓著頭接話說：「我是小尙旭。」
額頭前沿頭髮開始脫落的金尙旭和我對視，微微一笑。我看他應該是四十歲左右。既然我二十多歲，尙旭是四十多歲，我是知識分子，尙旭是農民。於是我低著頭，一句話也沒說就轉身離開。
我總以爲之後不會再見到尙旭了，但每次搬家都會再見到他。不僅是父親從潘內谷搬到邑內，就連沒錢的我在首爾每兩年搬一次家時，尙旭都會毫無例外地開著一點五噸藍色卡車出現。他大概是先從谷城到求禮，接了父親以後開到首爾。路程將近四百公里，往返八百公里。我從來沒有讓他和父親在我家過夜。從一個房子到另一個房子，將行李扛上、扛下，連抽根菸的時間都沒有。有時會幫他叫一碗炸醬麵，他吃完後，我對著玄關門鄭重地跟他說謝謝，然後無情地送走他。

「也沒幫到什麼忙，說什麼謝謝……」

聽到我跟他道謝，他撓著頭羞澀地笑了笑。

有一次搬完家後，我在他背後喊道：

「大叔！等一下。」

走下樓梯的他轉身摸著光亮的額頭說道：

「不是大叔……我只比妳大三歲……」

他知道我爲什麼要把他叫住，所以只留下這句話，很快就消失不見。我把錢裝進信封時才明白他說「我不是大叔，只比妳大三歲」是什麼意思。他只比我大三歲，雖然已經開始落髮，但實際上只是二十幾歲的人。我覺得很不好意思，往信封裡多塞了一點錢，紅著臉追過去時，他的藍色卡車已經不見蹤影。從那以後，我總是感到抱歉，但連對不起都沒能對他說出口。

「郡守等一下就過來了。」

小尙旭推著同行的人背後說道，而那人正猶豫著要不要脫鞋子。等一下要來的郡守也是當年一起去抓魚、像孩子般喧鬧的人之一。即使政權被保守勢力奪走，世界還是會不斷向前奔去，哪怕是天主教農民會出身的人也成了郡守。而郡守雖然還沒來，但花圈已經送到了。

「妳父親救了這個人的命，我在過來的路上碰到他，他說他一定要來，所以我就把他帶了過來。」

小心翼翼脫下鞋，剛踏進接待室的人立刻就低下了頭。

父親在擔任谷城郡黨委員長時期，針對谷城郡內的立面這一帶進行了補給戰鬥。當時正値韓戰期間，父親曾告訴我，他在那時看到了人民群眾的眞面目。剛開始會打開自己糧倉捐獻食物的人，從某個瞬間開始躲了起來。

「民眾就是這樣，一旦覺得沒自己的好處會毫不猶豫地翻臉。而他們不支持的革命當然不會成功。」

年老後的父親明白這個道理，但年輕時的父親卻不懂。或者更準確地說，當時爲了活下去的父親和他的同志，硬把立面這一帶每一個村子都翻了個遍。而背叛社會主義的民眾爲了求生存，則是拚死命藏起糧食，所以父親他們雖然搜了好幾個小時，卻一無所獲。這場補給戰鬥是找到一把白米就能換取同志生命的戰爭。

一縷光線從窗紙的縫隙微微透了出來。

原本正要離開某戶人家臥室的父親察看了屛風後面，發現有隱藏的閣樓。打開閣樓門的瞬間，一雙驚恐的烏黑瞳孔望向父親。那是剛過二十歲的巡警，而父親當時也不過是二十三歲的青年。對於巡警來說，漫長到彷彿永恆一般的時間緩慢流逝，他打算放棄一切，閉上了眼睛。

「我還以爲就要死了，不過眞奇怪，妳父親竟然沒有對我怎麼樣。就像輕輕放下湯匙一樣，他放過了我的性命。」

可是父親在警察的耳邊低聲說道：

「如果你決定不再當巡警，我就饒你一命。」

他聽完父親說的話，立刻點頭如搗蒜，沒有絲毫猶豫。父親向外走出去並大喊：「撤退！」

巡警隔天毫不遲疑地向派出所提出辭呈。

「我準備好一升米，等著他來。那怕我們全家餓肚子，也絕不碰那些米。不管什麼時候，只要他來，我就打算獻給他。看著炕頭的那一升米，心裡感覺非常怪異。我心想，原來這就是我性命的代價，性命真是虛幻啊！」

這時我才想起，我後來還見過他。那是父親從監獄出來後，剛回到潘內谷不久的事情。有人從求禮邑步行兩小時來到我家，雖然記不住他的長相，但還記得他手裡拿著一個西瓜。他放下西瓜的手上留下了很深的痕跡。

接過西瓜後，父親用斜眼看了他手上的痕跡，看了好久。他好像要擦掉痕跡似的，一直搓著雙手。

「你來這裡做什麼？」

他坐在前院地板上，不停地搓著雙手。

「聽說您出獄了，我有事情想請教您，所以就來了。」

說話的同時，他咕嚕咕嚕地一口氣喝下母親泡的糖水。拿著比大人腦袋還大的西瓜，在盛夏烈日下走了兩小時，當然會感到口渴。

「您還記得嗎？那時戰爭爆發，我不是去找您嗎？」

「當然記得，托你的福，我們郡黨同志們才有米飯可吃，米飯的味道真香，因爲有好多年沒吃過米飯，所以記憶格外深刻。」

「可是您爲什麼把我趕走了？」

他拿著放在炕頭很久的一升大米去父親他們占領的邑內。終於找到了救命恩人的他，把米送給父親時，第一句話是這樣說的：

「我隔天就立刻辭掉巡警的工作了。」

默默看著他的父親咋舌說道：

「嘖，我怎麼知道你是不是還繼續當巡警？你這麼天眞，要怎麼在這個險惡的世界上活下去呢？你走吧，回去以後，乖乖地活著吧！」

他纏著父親說，不管是什麼，讓他做任何事情都可以。父親生氣地瞪著他說：

「只要從事一次反動行爲，就是永遠的反動分子。我怎麼能相信你？快走吧！」

儘管如此，他還是抓著父親的褲管，於是父親對他大喊：

「要不要我大喊說有巡警來這裡？那樣你馬上就會被槍斃。」

苦苦哀求饒他一命的巡警聽從父親指示，像堆倉庫的厚實痲袋一樣靜靜度過了動盪的歲月，生存了下來。三十多年後，他來看望從監獄出來的父親。

「您怎麼這樣？共產黨人不是應該要招募群眾嗎？」

在房間裡的我雖然想去上廁所，但此刻的氣氛似乎不宜隨意開門出去，於是我在大腿部位使力，憋著尿傾聽外面的交談。我之所以能記住他們交談的每一句話，應該是因爲越來越明顯的尿意讓我時刻警醒。

「您爲什麼這樣？眞的是只要從事一次反動行爲，就永遠是反動分子嗎？」

喀嚓，我聽到點火柴的聲音。父親應該是咬著一根一百韓元的天鵝菸。

「我早就知道會輸了。」

「什麼？」

不只他反問道，連我也想問了。

「這場戰爭顯然就是會輸。對於我們來說，雖然已經是過去的事，但是你既沒有左傾思想，也沒有信念，何苦捲進這場一定會輸的鬥爭？」

外面沉寂了好一段時間，甚至可以聽到父親吸菸的聲音。我以爲可以出去了，就在想握住門門的時候，他開口了。

「想報答您的恩惠，不就是信念嗎？」

我從這一段開始就跟不上兩人的對話了。爲了已經是過去的事，在盛夏烈日下走了兩小時，就只是追問爲什麼不讓他報恩?!我實在無法理解他的想法，所以果斷地打開門走了出去。雖然小心翼翼地走過他身後，但他卻毫不在意我的登場，只是兩眼直勾勾地看著父親。廁所在房子的後面，轉過屋角時，父親終於開口說道：

「不，那不算信念，那是做人的道理。你在辭掉巡警工作時，已經盡了做人的道理，那樣也就夠了。所以你不要再來找我，好好過日子吧！」

正當他無言地想起身的時候，父親說道：

「從那麼遠的地方來，吃了飯再走吧。」

那天我和他一起吃了飯，菜餚用藏在碗櫃深處的瓷器盤子裝著。他拿冬花菜葉包飯，吃得津津有味。他說自己有四個孩子，老二是全校第一名，老婆是小學老師，種梨的收入還不錯。一連串嘟嘟囔囔地說了許多，好像把剛才沉重的交談忘得一乾二淨。

從那以後，我再也沒見過他。但是每到秋天，我家的倉庫都會出現一箱梨子。我猜是他送來的，但是卻再也沒有從父親那裡聽到過任何關於他的事情。

他和我聊天的時候，不時斜看父親的遺照，我也看著父親。高中時期沒能理解他們兩人的對話，在將近五十歲的現在，我依舊無法理解。父親在二十多歲時從事必然會輸的鬥爭，那時他是什麼樣的心情？而這個爲了救過他的人賭上自己一輩子的他，在二十多歲時又是什麼樣的心情？遺照上的父親似乎蠢蠢欲動，具有三次元的立體感。父親生前的事跡像在夜店明滅的燈光下瞬間閃現又消失，但是死去的父親卻逐漸變得清晰起來。生前的每個瞬間都分散在各個地方，在訃聞發出之後，開始聚集在一起，展現出巨大而鮮明的存在。爸爸，面對那鮮明且巨大的存在，我不由自主呼喊出來。

凝視父親遺照的那人，我不知道他的名字，他也望著我，眼睛紅紅的，我想自己的眼睛也是一樣。小尙旭，也就是金尙旭默默在一旁擦著眼淚。

★

凌晨的殯儀館好不容易才安靜下來，我的熟人和堂姊們橫七豎八像屍體一樣躺在接待室的地上，沉浸在酣睡之中。在喪主休息室裡，昨天稍晚到達的姨媽和母親並排躺著，正低聲聊天。不知道昨天是怎麼過的，雖然只是幾個小時以前發生的事，卻像遙遠的過去一般。畢竟昨天和今日截然不同，前一天父親還在，隔一天他卻已不再存在於這個世界上。對我來說，第一次，也是全新的一天正在開始。

朴韓宇先生和某個人一起安靜地推門進來。朴先生昨天還和各樣的人一起來了十幾次，他似乎已經決定，絕對不會讓父親在最後一程感到孤單。他也許已經來來去去跟所有遇到的求禮人傳達了父親的訃聞，他帶來的人有些是從未聽說過名字的同學，還有五金店、水果店、壁紙店老闆等人。他陪在每一個陌生人旁邊行禮，其實他已經弔唁過好幾次了，卻還是一再跟著弔唁，然後平靜地向我介紹客人，其中還有這樣的人：

「這人的大兒子原本是流氓，妳父親去跟他們老大談判，好不容易才把他給帶了回來。要是讓他留在光州的話，不知道又會變成怎樣，所以就要他去江華島，還讓他在花店就業，現在過得還不錯。」

父親究竟用了什麼方法跟流氓的老大談判？回想起來，我記得有一次他告訴我，說他和西方派的大哥還是二哥一起蹲過監獄。因爲之前認識，應該是去找那些人了吧。如此看來，也許監獄是另一個世界。因爲在那裡會認識某些人，和某些人牽起緣分，也會喜歡某些人，討厭某些人。

父親講過一個在光州監獄短暫相處的無等山「泰山」的故事。貧困的「泰山」跟家人在無等山半山腰私自建造了未獲許可的房子，拆遷隊員在燒毀他家之後，還試圖燒掉一名行動不便的村民的房子，「泰山」瞬間用錘子砸死了四名壯丁。在父親出獄第二年的平安夜，「泰山」的死刑執行了，這距離他被逮捕那天已過了三年。「泰山」在一群思想犯和殺人犯中，以面臨死亡還不哭不懼聞名，父親從關係很好的獄警那裡聽說了他的消息。父親描述「泰山」平靜面對死亡的情景後，見我沒什麼反應，便補充說道：

「人怎麼可能輕鬆面對死亡啊？我還認識一個人是金日成綜合大學畢業的，一聽到槍聲，就像小雉雞一樣，把頭鑽進岩石底下。先不管他聰不聰明，在死亡面前哪有人是勇士？只把頭藏起來又怎樣？還不是屁股和大腿都被打成蜂窩，當場死亡。那些號稱是革命家的人也不例外。但『泰山』被拉到刑場時，真是非常平靜。他曾說過自己犯了被處死也無法償還的罪。那天他脖子套著繩子，臉上表情卻很平靜，應該是想到能償還一點罪過才會有那種表情吧。他平靜地走了，可是我們真的覺得很惋惜。」

父親在死亡面前也能平靜嗎？他始終認爲人類起始於塵土，每個人總有一天都要回歸那個起點的眞理永遠不會改變，所以也許他已經淡然地接受死亡。但知識儲存在頭腦，他在眞正面臨死亡時，也許又像把頭部藏到岩石下的金日成大學畢業的精英一樣，陷入恐怖之中。因爲父親是腦出血，所以也有可能連害怕死亡的瞬間都沒感受到就走了。據母親說，父親的頭撞到電線杆，被送往醫院後，很快就恢復了知覺。醫生唯一的醫囑是讓他躺一、兩個小時，沒問題的話就可以出院。躺在病床上的父親突然起身說要回家，在說了幾句囈語之後瞬間失去知覺。在緊急送往順天的救護車裡，他無意識地最後一次握住母親的手。是因爲害怕死亡？還是臨終前平靜的告別？

朴先生推著另一個一大早趕來的弔唁客對我說：

「打個招呼吧。妳也知道蘇星哲老師吧？這位是他的長男。他是坐夜車來的，因爲得馬上離開，所以就早點來了。」

雖然沒見過面，但是托蘇老師的福，我才得以在典獄長的房間裡見到父親，而不是隔著鐵窗看他。蘇老師是父親和母親的恩師，也是介紹兩人結婚的媒人。戰爭爆發前的某一天，蘇老師請父親和另一名學生吃飯。

「在我的學生中，你們倆是最優秀的，以後要好好互相幫助！」

父親當然是左翼，另一個學生是右派。

「如果左派掌權，你就多幫著他；如果右派當家，你就多多照顧他。」

左翼的世界像夢一樣，很快就結束了，父親沒機會照顧蘇老師的另一個學生。在右翼的世界擔任共和黨三任議員的學生沒忘記恩師的囑咐，多次給父親提供方便。我之所以能在典獄長的房間進行特別探視，其實也是靠著他的幫助。不知道是否因爲經歷過殘酷戰爭的洗禮，當時這種人情味十分常見，但也有可能因爲蘇老師本來就是好老師，所以才能教出好學生。

我常聽父親提及蘇老師長子的事情。只要是家裡有好魚的日子，一定是他來過。他是水產協會高層幹部，偶爾有事去麗水時，一定會順道來求禮，留下當地極難見到，約有成人身高般大小的帶魚、民魚、扁魚等各一箱。不只是給魚，有時還會給零用錢。有一天，母親呆呆地望著裝有二十萬韓元的信封，因爲在那個年代，這無疑是一筆巨款。

「我這輩子從來沒有拿到過這麼多錢，要怎麼用呢……」

我沒問老師的兒子爲什麼要前來探望一輩子逃亡、坐牢，還完全無法回報師恩的學生。面對我的父母，有太多即使問了也無法理解的事，但是我沒問的理由並不是因爲這個，而是不想知道。我怕要是知道了答案，這件事會成爲我的負擔。父親雖然挽救了某些人的性命，但也多虧了某些人他才能活下來。爲了讓游擊隊員的下半輩子還能有人可以彼此說些心裡話，蘇老師爲父母親做媒。當時我父母別說籌辦婚禮的錢，連找一間房舉行婚禮都沒辦法。蘇老師爲了讓學生順利結婚，甚至還出借了自家的門堂。世上獨一無二的蘇老師很早就離開人世，他的兒子接續他的位置，一輩子照顧我那沒有錢、沒有名，也沒有落腳之處的父母。

我很早就已經放棄回報恩情了，很怕一不小心，報恩會成爲我的責任。游擊隊女兒的原罪加上繼承自父母的貧窮，已經令我厭煩透頂，我不想再承擔游擊隊員所接受過的各方恩情。所以雖然經常在父母的談話中聽過蘇老師長男的名字，但我堅決不要在記憶裡留下他的任何痕跡。

即便如此，世事也絕沒這麼容易。今天他會在簽名簿上留下名字，日後我偶爾看到，就會想起父親曾受到的恩惠，然後日復一日地銘刻在腦海裡。他似乎不想讓我有壓力，把光是看起來就很厚的白包直接投進奠儀箱之後，就急匆匆離開，對我既不特別親切，也不特別熱情，只是非常機械式地進行弔唁而已。來去之間僅僅用了不到五分鐘的時間，更令人驚訝的是，他就只爲了這五分鐘而從大老遠的地方趕來。我甚至產生了一種不好的想法：也許對他來說，我父親是他只願意投資五分鐘的人。但再一細想，比五分鐘更重要的是他從首爾往返求禮的距離——如果搭火車單趟要四小時，來回要八小時。他願意爲了父親花費一整天的時間。

「我會再來。」

朴先生再度留下同樣的話之後，與蘇老師的長子離開了殯儀館。我送他們到停車場。蘇老師的長子好像眞的很忙，走路非常快，緊跟在他後面的朴先生腳步有些跟不上。我雖然很想跟朴先生說不用再來了，但是忍住了。即使已是力不從心，但這畢竟是朴先生送朋友最後一程的方式。

父親的右派朋友離開之後，左派朋友們緊接登場，我都忘了他們是很早就會醒來的老人。我分明聽到了新做好的菜幾點會送到，但是卻想不起來。

隨著關門開門的聲音，原本睡死了一樣倒成一片的人一個個以邋裡邋遢的醜樣子醒來。昨天一整天負責張羅食物的大伯家堂姊們也紛紛睜開了眼睛。老人們蜂擁進來，小堂姊慌慌張張地跑到冰箱前面。

「鵝異，還有一點飯和辣牛肉湯，要不要用這些當早餐？」

與廚房連接的門正好被打開，原來是米糕店姊姊來了。姊姊放下巨大的桶子。

「我煮了一點鮑魚粥，因爲年紀大的客人很多，他們可能飯吃得比較早，所以我趕快煮了一些，差一點就晚了。」

姊姊昨天也給媽媽準備了芝麻粥當晚餐，很晚才結束工作，眞不知她是什麼時候去買材料，然後煮鮑魚粥的。

「鵝異，這是誰呀？怎麼這麼敬業啊？」

米糕店姊姊說要是堂姊們認識了她，可不會有什麼好事，所以要我什麼話都別說。那麼姊姊的行爲也得像是給自己不認識的人辦喪事一樣才行啊。唉，她想不被發現也難。

「是媽媽朋友的女兒。平時也會給媽媽送一些小菜，因爲她媽媽很早就過世了，所以將媽媽當作是自己母親一樣。」

「哇！」

打開桶子的堂姊發出驚嘆聲。

「裡面的料鮑魚幾乎占了一半，她大概是想到老人牙齒不好，還把鮑魚都磨碎了，吃起來應該很方便。」

鮑魚粥加上昨天剩下的小菜，早餐就完成了。鮑魚粥大受歡迎。

「我還是生平第一次在喪家吃到鮑魚粥。」

少年游擊隊員津津有味地把一大碗鮑魚粥吃得乾乾淨淨。

「那位在廚房工作的人，她母親以前也是我媽媽的同志。」

「原來如此！難怪這麼好吃……」

因爲是同志的女兒煮的，所以就很好吃嗎？應該是因爲姊姊手藝出眾，再加上她無論做什麼事情都充滿眞心，所以才會這麼好吃吧。就因爲是同志的女兒煮的鮑魚粥，所以對游擊隊員來說，味道也格外與眾不同。而一輩子做米糕的姊姊不是他們的同志，所以這頓鮑魚粥的味道不是同志愛的表露。但無論如何，在貧窮游擊隊員的葬禮上，竟然出現有錢人葬禮也未必會有的鮑魚粥！難怪我的心情就像姊姊煮的熱呼呼鮑魚粥一樣溫暖起來。

昨天的芝麻粥剩了一半多的母親可能是因爲和姨媽們在一起，所以把一整碗鮑魚粥都吃光了。母親整天光是坐著都覺得吃力，我拜託姨媽們把母親帶回家，明天如果母親想一起去火葬場和下葬地點，至少要睡上幾個小時才有體力，我可是不能再連著舉行喪事了。

正要回家的母親要我去把米糕店姊姊叫來。姊姊在圍裙上擦著濕漉漉的手，一口氣跑了過來。一見到姊姊，媽媽的眼角就濕了，她不住地輕拍姊姊的手。

「我托妳的福才能活下去，因爲我的緣故，做飯很辛苦吧？平常的事也得做，還要煮粥……這恩惠實在不知道怎麼報答。」

「哎呀，您可別這麼說。不只是您，偶爾碰到一些腸胃不太好的喪主，我也會做給他們吃。」

我每次都覺得姊姊眞是會說話。如果我也那麼會說話，現在早就變成正教授了。我一開口，話裡總是夾刀帶棒，這毛病究竟是從哪學來的？也許是父親被關進監獄的時候，我開始磨起話裡的刀刃，靠著這樣一步步熬過來。

「我怎麼會不知道妳的心意，謝謝，眞的謝謝。」

母親要起身時，姊姊迅速將雙手伸進她的腋下攙扶。和我攙扶的時候不同，母親很輕鬆就站了起來。在離開之前，母親再次握住姊姊的手。

「她這孩子只知道讀書，其他的都不懂，妳有空就過來教教她。有妳在這裡，我就放心了。」

母親坐上姨媽的車時，對我說道：

「鵝異，不管是什麼事，絕對不要一個人決定，要跟姊姊商量。只要聽她的話，就不會有問題了。」

「哎呀，瞧您說的。我昨天看鵝異，眞不愧是讀書人，處理任何事情都井然有序，她自己一個人也做得很好，這麼精明的喪主還眞找不到。」

姊姊抓住掉到門外的母親圍巾，重新幫她繫成漂亮的蝴蝶形狀。不知道的人還眞以爲姊姊是女兒呢。

母親一離開，黃社長辦公室的門唰一聲地打開。首先看到的是拐杖，來的人正是昨天已經來過的那位傷殘勇士。

「哇，大哥，在這裡喝就好了，幹麼過去那裡？」

傷殘勇士不知道是什麼時候來的，他的臉已經發紅，應該是從飯前就開始喝酒了。其實對酒鬼來說，時間又算得了什麼？酒鬼是超越時間的人，不，也許是被釘在某個時間點，不斷地回歸那個時間的人。

小叔曾經如此說過。

「我來弔唁啊！」

傷殘勇士是在越戰中失去了右腿，那就是在六〇年代末或七〇年代初期，換言之，老人用拐杖的時間比使用自己雙腿的時間更長，所以動作非常熟練，身體沒有搖晃，直直向我走來。

「哎呀，弔唁什麼的……讓我陪您喝杯燒酒吧。」

黃社長沒能立刻攔住雙腳不便的老人，只好無可奈何地跟在後面。

「怎麼了？我這個殺死越共的人不能弔唁共產黨人嗎？是我把高尚旭打死的嗎？」

「請進去吧，進去弔唁，順便吃點東西。」

氣急敗壞的老人乖乖跟在我後面。老人沒有行禮，不，他是沒辦法行禮。他拄著拐杖進入弔唁室，隨即癱坐在地上。呆呆望著父親遺照的他沒有流眼淚，卻揉了揉眼睛，也許是可以流出來的眼淚都已經枯乾了。

老人從懷裡掏出什麼東西放在地上。是一張老照片，好像是爲了給我看才拿過來的。我跪著爬過去拿起照片。在發黃的照片中，三名僅穿著內褲的男子，勾肩搭背靠在一起。背景是蟾津江文尺渡口，在進入小學之前，我也經常隨父親在那渡口乘船到邑內串門子。父親拍打河東家老闆娘屁股的那天，我立刻就離開那間店，在這個渡口坐船回家。

我一眼就認出最右邊，頭上綁著一條毛巾的男人。約莫是十五、六歲吧？那是年輕時候的父親。不，那是父親還沒綻放青春、連鬍鬚都沒長出來的少年模樣。這是我看過的父親照片中最年輕的一張（奶奶縫在棉布上的小學畢業照片雖然年紀更小，但因爲是團體照，臉跟豆子一樣小，所以我始終沒能找出哪一個是父親）。

「中間那個是我哥哥，他和尙旭哥非常要好，每天都黏在一起。我也每天跟在哥哥們的屁股後面……可是我已經想不起哥哥的臉孔了。看著照片，我覺得這個人應該是我哥哥，可是又好像在看著不認識的人。」

照片裡的父親像是別人，我感到十分陌生。他小時候的臉和現在沒有太大差異，只要是認識父親的人，都能認得出他。但令我感到陌生的是，父親有著我從未見過的稚嫩年少模樣，還有完全凝視正面，而非斜看的眼睛。照片中的文尺沙灘與現在不同，既漂亮又寬廣，雖然是褪色的黑白照片，卻能感受到太陽灼熱的溫度。父親的青春充滿了清新的氣息，似乎連太陽熱氣都被他逼退。還不懂社會主義的父親，十幾歲的父親，在不知自己未來人生有何桎梏的時期，笑得燦爛。照片中的兩名少年入山後成爲游擊隊，其中一名少年在山上喪生。曾經追著哥哥們的弟弟失去了自己的哥哥，又在別人的國家失去了自己的右腿。照片和今天之間的時間被沉重地壓縮，直壓在我的胸口上。

「我啊，只要看到尙旭哥就很生氣。他進監獄以後，雖然吃了很多苦，但他畢竟是活了下來。活著能結婚、生子、髮白、老去。我看不到我哥哥老去的樣子，尙旭哥卻能在我面前一直老去……」

我的父母總是羨慕那些胸懷平等世界即將到來的希望、甘願死在山上的人，他們常感嘆現在只剩一群廢物勉強活著。即便是如此，卻也有人看著我的父母，是既羨慕，同時也充滿厭惡。我雖然不清楚哪一種命運比較好，但我似乎能明白老人的感受。

我把那張父親年輕時的照片還給他，他卻只是默默從地板上起身，拄著拐杖，把照片留在原地。

「是給妳的，從現在起，我想忘掉我哥哥的臉孔。」

我請他吃了早飯再走，但他連聽都不聽，用力地拄著拐杖，走出弔唁室。他在入口處回頭看我，好像有什麼話要說，一個勁地發著抖。

「我會再來的。」

這裡的人老是說還會再來。其實來一次也就行了，但厚重的心意應該沒法只來一次就夠吧。無論是怨恨還是友情，抑或是恩惠，這些錯綜複雜、剪不斷理還亂的堅韌心意，讓我感到沉重、害怕又羨慕。

我久久看著他的背影，即使喝了不少酒，他依舊拐杖用得很順，有如那是自己雙腿一樣。天氣晴朗美好，路旁血色的映山紅盛開，簡直像是老天也在幫他，讓他能毫不留戀地離去。我祈求老人斷腿的部分能生出新肉，咻咻快速長好，讓他一瞬間能變成比照片中的哥哥還年幼的少年，開始奔跑起來。

★

上午十點，開始進行入殮儀式。不僅是堂姊們，還有朴先生、朴東植哥哥、黃社長、金尚旭等與父親親近的人在寬敞的玻璃窗前排成幾列。放置在金屬床上的父親與臨終時沒有什麼不同。他在山裡看過數不清的屍體；看過許多同志內臟散落一地，死在自己身邊的場面；也多次看過烏鴉啄食頭被砍斷的同志殘缺的屍體。可能是因爲父親悲慘的不幸像高聳山脈一樣護衛在我面前，我反倒是從沒見過什麼險惡的情景。我從未目睹過有人受傷的交通事故，我沒有骨折過，甚至腳也沒有扭傷過，當然更不可能見過屍體。

我在高速公路上以時速一百八十公里趕到醫院時，父親已經像屍體一樣蒼白。他在幾小時前失去意識，臉上的肌肉完全放鬆，看上去非常平和。活人的臉孔似乎每一條肌肉都處於緊繃狀態，也許世間的痛苦會透過肌肉緊繃表露出來。而所謂死亡，就是從痛苦中解放出來。父親曾過著比一般人更痛苦的生活，那他解放的喜悅也會十分巨大吧。看著父親再也不會睜開眼睛的臉，我產生了這樣的想法。

入殮師用熟練的手法將父親的身體轉向一側，拉住事先鋪在大體下面的壽衣。父親的身體很白，黝黑的臉孔可能是因爲血色消失，比平時蒼白許多。人們以爲父親的皮膚本來就很黑，而我從小就有個外號叫黑妞，大家都以爲是像父親的緣故，只有我知道不是。

是四歲的時候嗎？

忘了是爲著什麼事，父親和我兩個人走在從邑內回家的路上，應該是河東家事件發生之前吧。我的記憶是從父親赤身露體地從蟾津江走出來那一刻開始。因爲是夏天，我們走到江邊時流了很多汗。也許因爲不是趕集的日子，附近沒有人經過，呼喊船伕也沒有回應，父親爲了讓身體涼快，進入江裡浸泡。我不知道爲什麼沒有跟著下水，可能是因爲我像平時一樣都坐在父親肩上，所以沒有流汗。父親沒有多想就朝著脫下衣服的地方，也就是向我這邊走過來。因爲母親身體一向虛弱，經常是父親給我洗澡，夏天應該也一起在溪谷裡玩過無數次，但那些日子我都早已忘記。

那天，我看著向我走來的父親。

父親身上有明顯的背心痕跡，雖然光著身子，卻像是穿了背心一樣。平時穿背心的上身和有褲子遮掩的下體是白色的，沒有遮住的部位是黑色的。我覺得好玩，正呵呵大笑的我眼裡看到了陌生的東西。在父親的雙腿中間，我身上沒有的東西在晃動著。因爲不知道那是什麼，所以目不轉睛地盯著它看。感覺到我視線的父親像螃蟹一樣橫著走來，速度極快地穿上衣服。在那一瞬間，我感受到我人生中最初的深切悲傷，用任何東西都無法彌補的缺乏。

父親有的東西，我竟然沒有！

從隔天起，我像父親一樣站著小便，但這並不代表我能擁有自己所沒有的東西，反倒是每次都把內褲和褲子弄濕，換來母親責備而已。那個記憶像籠罩在霧中的蟾津江一樣模糊，卻在看到父親的大體後清晰地復活。對我來說，四歲的我，覺得父親是和我一樣的存在，甚至是一心同體。但在看到父親赤身露體的蟾津江邊，我已經和父親分離了。亦即從我身邊搶走父親的不僅僅是意識形態和國家，不，正如我領悟到自己與父親不同，而想模仿父親，所以站著小便一樣，父親曾是我的全部，可是這樣的父親卻被意識形態、國家給奪走了。

究竟是哪一邊，其實並沒能確定。但可以肯定的是，此刻躺在冰冷鐵床，裹著壽衣的那具屍體，至少有一段時間跟我是相連的。父親是我的宇宙，但那樣的存在、那個肉體，我以後再也看不到了。現在這個瞬間還活生生占據著時間和空間一個位置的肉體，明天就會化爲幾撮塵埃。

內心深處湧出淚水，在即將流出的瞬間，有人先哭了出來。是鶴洙，他的眼淚像旱季烈日一樣，把我心中滿滿的淚水蒸發掉了。

鶴洙的身後出現了熟悉的背影，那個喝醉了搖晃著向外走去的瘦削背影，分明是小叔。

「小叔！」

雖然大聲叫他，但那個背影並沒有停止，反而加快了腳步。

「小叔！」

我推開鶴洙，快步走向小叔。

曾經有過這樣的一天，其實也是唯一的一天，我和小叔共享了人生的某個瞬間。

當時是小叔在後面叫我，我沒回頭，只顧加快腳步。即便如此，我還是很快就被小叔的腳踏車追上。

那是高三的暑假。我在知道連坐制度後放棄了用功讀書，成績當然處於低谷，也沒有上大學的計畫。事實是我就算想上大學，憑那種成績也是毫無希望。但不知是出於什麼原因，高三的導師非常疼愛我。雖然有某位老師說副班長的母親一次都沒來過學校，意思是連賄賂的紅包都沒送給他，因此在孩子們面前打我耳光；不過，也有老師看我家貧窮或知道我是共產黨人的女兒，所以非常關心我，高三導師就是如此。但不管如何，在我身上烙下的共產黨烙印是不會消失的，而當時的我是一個覺得好心比惡意更讓我感到悲慘、更令我自尊心受挫的無用之物。

暑假一開始，導師就把我們班的第一名到第五名送到我們家，我們那個山村偏僻到連公車都沒有。導師可能心想近朱者赤，要是能跟著犧牲睡眠、拚著流鼻血苦讀的模範生一起念書，就算是再怎麼無可救藥的人也會用功個幾小時吧。由於身體虛弱，每天張羅我們一家三口飯菜的母親被導師的詭計所迷惑，自願辛苦一整個夏天配合用功計畫。

對我那些同學來說，這樣的夏天實在太有幫助了。那時只要打開前後門，夏日的山村即使沒電風扇也非常涼爽。潘內谷位處層層疊疊的山中，除了溪邊以外，沒有任何可以玩樂的地方。這幾個孩子眞是讀書讀上癮了，這就叫螢雪之功吧，我對他們眞是佩服。媽媽整天往返於田裡、水邊和廚房之間，每天晚上都爲這些突然到來的寄宿生準備三頓飯而疲累不已。我把母親渾身疼痛的聲音當作搖籃曲酣然入睡，同學們則是被那聲音喊醒，重新打開書本。但我也不是徹底的沒良心，我躺在正背頌課本內容的同學旁邊，悠閒讀著小說的模樣被母親看到時，內心深處好像還是有那麼點不對勁。

我吃完早飯後，拿著幾本小說去了栗子園。在栗子園的中間有一塊寬大的巨岩石，足以讓五、六個大人在上頭滾來滾去，旁邊還有三棵老杏樹像衛兵一樣包圍著，非常適合在那裡度過夏天。岩石冰涼，杏樹老葉隨風搖曳，細碎的陽光從縫隙中照入，正適合讀小說時進入夢鄉。「妳這死丫頭！」就像往常一樣，在被吸引入小說中的某個世界時，雷轟般的高喊聲再次把我拉回這個醜陋的游擊隊員女兒的世界。擋住晃動的陽光，站在我面前那個黑乎乎的影子是父親。他手裡拿著一把鋒利的鐮刀（雖然瞬間嚇得打了個寒顫，但那把鐮刀並不是用來解決我的。在盛夏時節，他為了割像大人一樣高的雜草而來到栗子園裡，卻發現大學入學考試都已迫在眉睫，女兒卻還躺在岩石上，他一急，連鐮刀都沒來得及放下，就大步跳上岩石）。

「妳要這樣放縱自己到什麼時候？妳母親這麼辛苦到底是為了誰……如果妳還

是個人，就該明白吃飯也是要付錢吧！」

在那之前，我從未見過父親盛怒的臉孔。雖然有些吃驚，但說到怒氣，在父親不在的期間，我也是積累又積累，數量不容小覷。我臉上露出一副是誰家的狗在吠，但又很慵懶、很適合那個夏天的表情，慢慢把手裡拿著的小說舉到遮住眼睛的高度。那一瞬間，父親的鐮刀從我眼前掠過，砍在小說的邊角。極度不擅長農事的父親不知那天是否特別磨利了鐮刀，把《傲慢與偏見》書名的「見」給砍掉了。但砍掉的不只是文字，怎麼說呢，曾經連接著父親和我，卻隨時間流逝逐漸變薄的某種緣分，或者說是心靈之間的紐帶好像也跟著被砍斷了。我慢慢起身，心裡想著，父親不該對我揮刀，也不該跟我要吃飯錢，他該做的是對把我生成游擊隊員女兒這件事好好表達歉意。

值得參考的是，我和父親不同，在吵架這方面很有才能。

雖然這輩子只吵過三次架，但無論如何，那三個對手都嘗到凄慘的ＫＯ敗局。父親雖然教導我面對憤怒的人要先讓他們冷靜下來，但我卻選擇讓發怒的人更加憤怒。一直到他們因爲控制不住自己的怒氣，要麼哭出來，要麼發狂爲止。而我對於哭聲、發狂的舉止，就只是比平時更鎮定地加以凝視而已。通常加上這種平靜的凝視，對方就會失去應對能力。那天的父親就是在我手上慘敗的三個人之一。

我站起身，把目光投向放在腳邊的幾本書。這些全都是從某個地方借來，也不是出遠門時值得帶走的書。我看了一眼那年夏天提供我藏身之處的三棵老杏樹，慢慢地伸了個懶腰。我內心同時懇切地祈禱，希望過去那段時間裡積累在我肌肉和骨頭中、身爲游擊隊員女兒的委屈記憶，都能隨呼吸化解並排出我的體外。短暫的祈禱似乎獲得實現，身體非常舒暢。我輕快地從岩石上跳下來，然後大步走向父親用鋒利的鐮刀割草的栗園。走了幾步後，我回頭看了一眼，父親露出失神的表情。我則像離開犯案現場的義賊洪吉童＊一樣，向父親深深鞠躬後，再也沒

＊韓國古典小說《洪吉童傳》的主人翁。身為洪判書庶子，洪吉童在受到虐待的同時，努力學習兵書、劍術、天文、地理，之後率領盜賊組織活貧黨，搶奪爲富不仁的貪官污吏，把財寶分給窮人。他以道術折磨官府，後來應朝廷徵召，任兵部判書，之後在律島國建立了理想國。《洪吉童傳》體現了朝鮮身分制度的社會矛盾，以及抵抗這些不合理制度的理想主義。

有回頭看。

我步行兩小時走到邑內，離潘內谷越遠，腳步就越輕盈。只要不是潘內谷，只要不是游擊隊員的女兒，無論去哪裡，似乎都能過上好日子，用功讀書的熱情也突然湧上心頭。只要到了首爾火車站就去找職業介紹所，我這種外貌不可能被賣到酒店，拜託他們給我介紹一個幫傭的工作就可以。只要我抽空讀書，然後就去考同等學歷考試。但是如何籌措去首爾的旅費呢？大姑媽是小氣鬼，不可能給我；小姑媽沒錢，去找母親的朋友好了。但是要用什麼謊話借錢呢？想到這些我非常興奮。我想，只要不是游擊隊員的女兒，無論是什麼樣的人生，我都會欣然接受。那一天，我在盛夏的烈日下不知燠熱、不知汗流浹背，興奮地走著。

轉過彎就是葡萄園，過了葡萄園就是面的機關辦公室，我哼著歌曲走路時，後面傳來腳踏車的聲音。我以爲是父親，於是更加快了腳下的步伐。

「鵝異啊！」

氣喘吁吁地停在我面前的竟然是小叔。

第一次在潘內谷以外的地方，而且是只有我自己一個單獨面對小叔，讓我覺得非常彆扭。我躲開腳踏車向前走，小叔卻騎上腳踏車慢慢跟著我。在滿是碎石子的新公路上要保持腳踏車緩慢前進，是相當困難的。就像後腦杓生了眼睛一樣，我非常清楚地感覺到腳踏車搖搖擺擺地前進。

走過面的機關辦公室，就快到蓄水池的時候，小叔叫住我。

「鵝異啊！回家吧。」

我裝作沒聽見，只是一直往前走。

「妳能怎麼辦？回去吧！」

到底是應該回去，還是要一直走下去，實在很難判斷。但在看到蟾津江之前，小叔都沒有說話。不知何時開始，腳踏車的嘎吱嘎吱聲讓人覺得窒息。等到過了蟾津江，過了部隊所在地，呼吸似乎比較順暢了。這一路都是下坡路，小叔的腳踏車轉而騎在我前頭，沒多久，腳踏車就失去了蹤影。

「鵝異啊！」

小叔在西瓜棚裡叫我。

「來吃點西瓜，潤潤喉以後就回去吧！」

這個地方是親戚的西瓜田，小時候和父親去邑內兜風的時候，會在這裡一邊等船一邊吃西瓜。我很想哭，甚至到了口乾舌燥的地步。我坐在能一眼看到蟾津江、牧羊人和邑內的瓜棚裡，和小叔無言地吃了一整顆西瓜。小叔抽著濃烈的香菸，漫不經心地把視線投向邑內。

「這條路無論怎麼走，好像都走不到盡頭。」

啊，原來小叔也曾像我一樣想順著這條路離開，可能就是曾經想要離開，才走過這條路的。但是我沒有問爲什麼沒離開，因爲即使不問，我也知道原因。我們對於要不要繼續走下去沒有任何爭執，而是像什麼都沒發生過一樣，走回來時路。小叔把腳踏車停在我家籬笆門外等我下車。從散發著汗臭味的小叔背後下來時，我心裡既高興又失落。那股汗臭味應該就是血緣的氣味吧？爲了趕著來追我而散發的那股汗臭味，讓我覺得既親切又噁心。

就像那天把腳踏車停在我前面的小叔一樣，我也搶在小叔前面擋住他的去路。不愧是小叔，我只是無言地拉著小叔的手臂短短兩、三秒鐘，他就乖乖地跟著我往回走。今天也像那天一樣陽光明媚，但小叔身上沒有汗臭味，而是散發出濃濃的酒氣。

一進入接待室，眼尖的大堂姊就大喊大叫地跑了出來。

「哇，小叔！您來得太好了，當然，當然應該來！」

堂姊們一擁而上，把小叔給拉走了。他現在看起來只有堂姊們那麼高，年輕時的小叔雖然瘦，但個子不矮，現在可能是連身高都縮水了。那個夏天，小叔輕聲說出的話，我早已忘得一乾二淨，此刻卻突然湧上記憶的表層。一個肩膀挑不起兩個擔子……在能看到蟾津江的下坡路上，小叔騎著自行車自言自語。難道是那天小叔跟在我後面，看見了我肩上的兩件重擔？他自己一生也有壓在肩上的兩個擔子，是因爲那擔子太過沉重，小叔既走不開，又不能好好活下去，所以只好一輩子醉酒？爲了父親唯一剩下的弟弟，我拿出了燒酒瓶。他既然醉了一輩子，再多醉一天又何妨呢？而且還是在那個罪魁禍首永遠離去的地方。

★

黃社長可能覺得以只有一個女兒當喪主的葬禮來說，弔唁的客人算是非常多，所以把這場葬禮當自己事的他眉開眼笑的。偶爾探頭察看的黃社長並不知道，其實客人不多也不少。只是有很多人像朴先生和金尚旭一樣，每天來個五、六次，或者來了以後一直守在座位上而已。不只是父親的客人如此，我的客人雖然不多，但來的客人卻在座位上停留許久。托他們的福，接待室總是非常熱鬧，看來我和父親似乎很多方面都很相像。

堂姊們三桌、母親家親戚一桌、父親以前的同志兩桌，還有朴先生像母鳥一樣帶來的三五同學會和求禮居民，雖然這些人有的也彼此相識，但大致上都互不認識。這就是父親一生所經歷的歲月。三五的同學從小學開始到現在，一輩子都在一起；游擊隊的長輩們和父親一起度過了青春時代；谷城天主教農民會、求禮民主勞動黨黨員是父親從監獄出來以後，和這個世界融合在一起時結下的緣分。

一生以軍人身分擔任訓練教官，同時也是《朝鮮日報》忠實讀者的朴先生等人，與游擊隊出身的同志們，除了父親這個人以外，沒有其他交集。不，當年他們甚至是互相用槍瞄準對方的關係。與父親長期交心的人之間也有無法逾越的隔閡，看著他們讓我感覺像是看著韓國近代史的縮影。只是父親的熟人與韓國的保守或進步人士不同，他們沒有提高嗓門進行聲討，只是互相不理睬，按照自己的方式追悼父親。這種平和非常奇妙，也許只有在死亡面前才有可能實現吧。不管怎麼說，父親的葬禮現場還算是比較忙碌和安靜的。

傍晚時分，小叔把我叫過去。他喝酒已經喝了一段時間，但沒覺得他有什麼醉意。

「下葬地點決定了嗎？」

「決定火化之後舉行樹葬。」

小叔把酒杯重重地放在桌上，拉高嗓門。

「自己有地，爲什麼要火化？」

「哎呀，小叔，您可能忘記了。原本的那一小塊地，因爲鵝異要舉行婚禮，都已經賣掉了。」

大堂姊像麻雀一樣湊上來插話，說出了讓我難堪的話。二堂姊伸手掐了一把她的大腿。

「哎呀，都已經過了這麼久了，說出來又怎樣？幹麼捂著我的嘴啊？」

這次反倒是大堂姊發脾氣了，小堂姊愁眉苦臉地邊攔住大姊，邊看了看我的臉色。

那是很久以前的事。男人是從大學時期就認識，交往了整整八年的學長。父親非常中意夢想成爲法官的他。每次放假時，他都把潘內谷當自己的家一樣進進出出。有時還索性帶著法律書籍來，整個假期都住在我家。潘內谷的親戚們甚至稱他爲「鄭女婿」。

大學畢業那天，父親讓我坐下，跟我說道，他是一個做大事的人，妳先放手吧。父親的意思是，要做大事的人如果變成共產黨人的女婿，前程就會被斬斷。過去這段時間，父親認爲我們只是小孩子談戀愛，所以什麼都沒說，但我們不能毀掉別人的一輩子。他把自己稱爲共產黨，要身爲共產黨的女兒放棄能做大事的男人。當時我根本沒想過要結婚，而且和父母也相處得很好，但是因爲父親的這番話，我又再次故意和他作對，固執地與學長繼續交往下去。在交往超過五年的時候，我甚至懷疑自己是爲了跟父親賭氣，而持續與他之間的關係。

他因為我的緣故，放棄了法官之路，成為律師。交往八年後，他向我求婚。第一次拜訪他家那天，他小心翼翼地囑咐我，最好不要提起父母。我雖然懷疑為什麼要這樣，但還是按照約定好的，沒有多說什麼。結婚的籌備進行得很順利，兩家父母見面後，定好婚禮場地，還分發了喜帖，但在結婚前一天卻出了事。約好在他家睡覺，隔天一起去參加婚禮的朋友酒後在他父母面前如實相告。他嚇得不輕，用發抖的聲音給我打電話。當時是半夜十二點，他父親把菜刀架在他的脖子上，逼他選擇是要父母還是女人。他默默地哭著，我覺得從來沒有受過這樣的侮辱，於是當場做出決定。在午夜過後打電話通知取消結婚，沒有詳細說明理由，之後也再沒有見過他。我不覺得委屈，反而覺得輕鬆多了。父親是對的，無論那學長是否心甘情願承擔下來，我都不想一輩子抱著拖他後腿的內疚活下去，也沒有這個必要。我當時還年輕，環境也變得不錯，在我面前有幾條不同的路可以選擇。小叔曾說他的那條路怎麼走也走不完，但我的路與小叔那時期的路已經完全不同。我已經把這件事情忘得一乾二淨，但無論如何，身為游擊隊員女兒的人生卻是如此波瀾起伏。

雖然賠了一些違約金，但賣了幾畝田的錢還是原封不動地留下來，成了我的全租房資金*。這樣看來，我還是受益於當游擊隊員的父母。若是沒有這筆資金，我在首爾根本很難租到一間房。

「誰不知道？我有土地，爲什麼要讓他好像沒兄弟的可憐蟲一樣火化？我剛才看了一下，他瘦得像根竹子，火化也只怕點不著。」

「哇，我們小叔下定決心了呢！那要把他葬在哪裡呢？你想好地方了嗎？」

大堂姊又出聲問道。

「之前長輩們覺得墳墓分散在四方，每次過節掃墓都要跑很多地方，太辛苦了，所以要我們建造家族墓園。要是知道他會這麼快離開，就早該著手的……土地雖然已經整得差不多了，在把先祖的墳遷過來之前，可能沒辦法先埋葬哥哥……還是先把他葬在我們家栗子園旁邊，倘若兩年內家族墓園建好的話，再把他遷葬過來？」

世界果然有太多我不懂的事情，沒想到從未好好過日子的小叔對於死亡的準備會這麼乾淨俐落。

「鵝異啊！小叔都已經下定決心了，就照他的話做吧！再怎麼說也是血肉至親，埋在一起不是很好嗎？」

父親會想和親人和睦地埋葬在一起嗎？他回到潘內谷生活之後，要是碰上親戚們的事情，都會全力幫忙，所以似乎還眞的很和睦；但他骨子裡就是唯物論者，所以也可能不會那樣想。父親的心意我還眞是無從知曉，我……覺得供奉在白雲山那邊會好得多。父親過世，母親也走了的話，我還會回潘內谷幾次？父母這一輩都走了以後，即使是堂兄弟姊妹也會變成陌生人。我不會經常回來，但也不想把自己該做的事情全推給親戚。

「父親的意思是那樣，所以我想按照父親的遺願完成。」

「妳父親活著的時候就拋下有血緣關係的親戚，投奔同志去了。難道死了以後，也是同志優先嗎？」

小叔高喊了一聲，猛地站了起來。父親拋下親戚，跑去投奔的那群同志們正往這邊看，心想發生了什麼事。

＊即韓國特有的「傳貰」制度，也就是房客一次性支付高額保證金後，便可無月租入住，之後只需支付水電等費用。等租約期滿，房東則要將保證金全數返還。

「妳父親的事，就隨便妳吧，他什麼時候當過我哥哥？」

大堂姊急急忙忙地追了出去。

「她哪是那個意思？他們家以後就只有一個沒出嫁的女兒，她那性格也只是不想麻煩別人吧？」

堂姊的話像匕首一樣飛向我這個沒出嫁的女兒，在匕首刺進我身體的瞬間，我隨即想通了，我果然是父親的孩子。他離開親人，投身社會主義的時候；他甩掉抓住他褲管的親人，成爲游擊隊員的時候，應該就是我現在這種心情吧？第一步應該很沉重，但是越進入山裡，步伐就越輕快吧？父親眞是個冷靜的理性主義者啊！我第一次覺得自己似乎能完全理解父親，因爲我和他有著相同的心情。

★

父親的游擊隊同志吃完晚飯後，立即前往已經訂好的旅館。因為都是老人，在接待室坐了一整天應該很吃力。陪老人們離開的鶴洙搖搖晃晃地一個人回來。

「去休息吧，幹麼又回來？」

晚上八點，首爾的客人和老人全都離開的接待室終於安靜了下來。幾個姊姊靠在牆上頻頻點頭打著瞌睡，雖然叫她們姊姊，一個個也不年輕了，我還正想讓姊姊們今天也回家休息。

「老先生都睡了，我一個人很無聊，又很想念爸爸。」

獨自坐在桌前的鶴洙不知怎的，開始喝起了燒酒。喝一杯燒酒就看一次父親的遺照，鶴洙拿父親的照片當下酒菜，就像吝嗇鬼酒館掛在牆上的乾黃花魚一樣。我把橡子涼粉和白切肉端來，放在他面前。他和我跟爸爸一樣，對白切肉毫無興趣，連筷子都沒碰過。我猜他和我們的飲食習慣一樣，於是把非常辣的辣燉尖椒擺在他面前。才吃了一口，他就咕嚕咕嚕猛灌水。看來他還是不太能吃辣，終究是和我們家沒有血緣關係的人。很快喝完一瓶燒酒的他，用不帶一絲醉意的眼神看著我說：

「爸爸剛開始只叫我尹鶴洙先生，我一直要他別用敬語，但他總是不聽。」

過了幾年之後，父親開始叫他尹君，就是在那次明太魚湯事件之前。

「妳知不知道他什麼時候開始叫我鶴洙的？」

當然不可能知道。我一直很忙，雖然我自己覺得對父母很用心，但是很難常回到故鄉。當時，鶴洙一個星期都會來探望父親一次。

「有一次我去妳家，看到爸爸的臉頰出現傷口，我問他傷口是怎麼來的，他說是騎腳踏車跌倒了。可是再怎麼看都不像是跌倒出現的傷口，好像是被打的。」

確信父親一定是被人打傷的鶴洙憤然起身，跑到銀行去領了五十萬韓元，分成二十萬和三十萬，裝在兩個信封裡，然後跑去老人活動中心。那時，父親經常出入那個地方，但我不知道這回事，我一直以爲他總是去三五鐘錶行。

父親也感到驚訝，不知道鶴洙要做什麼，騎著腳踏車在後面追他。鶴洙煞有其事地推開老人活動中心的門進去，雙手叉腰大聲喊叫：

「是誰？」

三、四個聚在一起打十元花牌的老人嚇了一跳，注視著鶴洙。鶴洙身高一百八十五公分，因攀登喜馬拉雅山、從事潛水運動，身材相當結實，而且一度夢想成爲將軍，想要進入陸軍官校，但因爲他那從未見過，甚至連聽都沒聽過的小叔在麗順事件發生時下落不明，因此仕途受挫，但他仍可說是男人中的男人。在求禮這地方很少看到如此怒氣衝天的人，老人們無言地望著鶴洙時，騎著腳踏車追來的父親氣喘吁吁地登場，鶴洙把父親推到自己面前。

「是誰把我父親弄成這樣的？趁我還還願意好好說話的時候，快站出來！我是他的兒子，小心我把你的腿打斷。」

從來沒見過這種場面的父親，話都說不出來。

「是誰？快說！」

老人們開始亂成一片。

「他是誰？」

「這可能是兒子吧？」

「什麼兒子，他只有一個女兒。」

「那會是女婿嗎？」

「什麼女婿？那個女兒讀書讀到錯過適婚年齡，現在還是處女。」

雖然早已不是字面上的那種處女，但因爲還沒結婚，所以……

「那他究竟是誰？」

「可能是在外面偷生的兒子吧？不是喊他父親嗎？」

鶴洙瞪著那些嘟囔的老人，再次高喊：

「把我父親弄成這樣的人趕快站出來！不管是誰，只要給我線索，我必定報答。」

鶴洙從左側口袋裡拿出裝有二十萬韓元的厚實信封，雙手高舉。

「不管是誰，只要給我線索，我一定會準備厚禮答謝。是誰？哪個傢伙把我父親弄成這樣的？」

才一說完，有一個人突然舉手。

事情的原委是求禮邑事務所附近種了很多柿子樹，似乎已經達成了協議，決定讓老人活動中心負責採摘。不知是不是沒有長竿，爲了摘柿子而爬上樹的父親掉了下來，臉部撞到地面。但是這個原因讓鶴洙更加生氣。

「他媽的！你們沒手沒腳嗎？爲什麼讓我父親爬樹？」

這事讓我也嚇了一跳，不是因爲父親，而是因爲鶴洙。以前見過幾次面的鶴洙十分穩重，我從未想過他是個會口吐髒話的人。

「又沒人讓他……」

老人們都搖著頭。我知道，父親不是能讓別人指使他去爬樹的人，一定是自己自願的。父親不是別人可以敲詐勒索的軟柿子，鶴洙也不可能不知道。但儘管如此，鶴洙還是毫不猶豫擺出一副怒氣衝天的模樣。

父親在求禮擔任高層電梯大樓管理員的時候，我曾去給他送早餐，卻看到像兒子輩年紀一般大的男人厲聲斥責父親，原因是半夜有人刮到他車子的保險桿。男人高聲叫喊：「領著高薪，是這樣處理事情的嗎？要麼去把犯人抓來，要麼就是你賠錢。」我在一旁聽得都要氣瘋了，卻不敢介入他們之間，只是再也不忍心看到低著頭的父親背影，於是重新回到原路。我當時爲什麼不能像鶴洙一樣站出來？難道是我堅信父母不是一般民眾，而是偉大的革命家，他們不會被庸俗的日常生活所左右？還是因爲我既沒錢也沒膽，所以故意避開？我以爲自己夠了解世事常理，但實際上卻不是很清楚……

那天鶴洙把他高舉的那二十萬韓元捐給老人活動中心，然後把更厚的信封在大家面前塞進父親的口袋裡，說道：

「爸爸，如果發生了什麼事，無論是半夜還是凌晨，一定要給我打電話。我會把其他事都放下，立刻趕過來，全部都幫你處理好。」

父親雖多次點頭，但和平時一樣面無表情。在推著腳踏車回來的路上，父親說道：

「鶴洙啊！」

第一次被父親叫名字的鶴洙像孩子一樣興奮不已，那是在認識了父親十年之後。

「我們去吃飯。」

與平時不同，父親把鶴洙帶回家。雖然一起吃過很多次飯，但是在那個事件之前，還從沒讓他在家裡吃過飯。這是考量到母親嚴重的脊椎狹窄症，再加上哪怕只來一位客人，母親都慎重拿出招待用的盤子，要是不這麼做，母親就會心裡過意不去。那天，父親給鶴洙倒了滿滿一杯燒酒。

「我第一次看到父親在家裡喝酒，他那天心情眞的很好。」

父親從未表達過他想要什麼樣的孩子，也沒對我說過有什麼遺憾或感覺不足的話，但是那天父親好像很幸福。雖然鶴洙使用的是不怎麼高尚的方式，但貶損他沒水準、手段低劣什麼的，全是狗屁。能在所有人面前證明自己背後有這麼堅實的靠山，有哪個父親會不開心呢？

鶴洙是個老練的人，我看著他像父親一樣在杯子裡斟滿酒喝下去時，產生了這樣的想法。鶴洙現在雖然像是在回憶往事，卻是拐著彎來提醒我：妳到底是個什麼樣的女兒？

我其實從沒想過自己是什麼樣的女兒，或者應該成爲什麼樣的女兒，我一直只糾結在自己是誰的女兒這一點。爲了擺脫身爲游擊隊員的女兒這一泥淖，我一生都在掙扎，現在也並無不同。游擊隊員的女兒這說法要能成立，前提是父母得是游擊隊員。可是，正如子女對父母會有所期待一樣，父母也會對子女抱有期待。但是我連想都沒想過這點，只顧著反抗爭辯游擊隊員女兒這個枷鎖太過沉重。但是希望他能聽到這些爭辯的父親已經過世了，對我而言，爭辯的機會也於焉消失。這個事實讓我心痛，痛到我第一次哭出聲來。不是爲父親哭，而是爲我自己哭。在父親離世的路上，我就只不過是這麼樣的一個女兒。分明是陌生人，卻比親生子女更像子女的鶴洙用跟父親一樣淡漠、冷靜的眼神看著我。

★

夜已深，殯儀館裡只剩下我和父親。雖然有很多人願意陪我，但我都讓他們回去了。留到最後的鶴洙除了嘴上問沒關係嗎，還用稍微多情的眼神詢問了一下之後，才點頭轉身離去。在人口兩萬七千名的求禮，過世的人不多，今天殯儀館裡就只有父親一個，所以這時間只剩我和冰櫃裡的父親兩個人獨處，這是父親從監獄回來後的第一次，但我並不害怕。

父親是在一九七九年八月十五日出獄，母親和我從當天凌晨開始就在光州監獄前等待父親。父親說一大早就會出來，但在懸鈴木樹影只剩手掌一般大小時，他還是沒有出現。與我的家人相似，或許也有些不同，都是有著難以言喻故事的人們抹著淚一個個離去，正門前只剩下母親和我，兩人又渴又餓。母親全身挺直地堅持了幾個小時，正想說去哪裡吃過飯再回來的那一剎那，沉重的鐵門發出令人頭皮發麻的聲音，緩緩打開。一個剃光頭、一看就知道是囚犯、雙眼炯炯有神的男人慢慢走到我面前。我避開他的視線，現在回想起來，不過才分別了六年而已。但是在這段期間，我從一個小學四年級的女生變成胸脯豐滿，必須穿胸罩，已經有月經的中學生。在我面前，父親陌生得像是第一次見到的男人。父親一下子抱住了我，我則像個稻草人一樣直挺挺地把身體靠向父親，心裡只想著熱死了、餓死了、口渴死了等等，藉以減輕尷尬。那時父親應該會感受到，他和我的距離變得遙遠的事實。

那天，我們一家人來到求禮，和親朋好友一起吃了炸醬麵，不知誰出的主意，我們就跑去照相館拍了一張印有高尙旭出獄紀念大字的照片。站在父親身邊的我尷尬得要死，漲紅著臉望向天空。當然，父親當時也用不知道看向哪裡的斜眼凝視著某處。

第二天，母親準備了紫菜包飯，又帶上幾個香瓜和葡萄。我們去的地方是蓮谷寺前的溪谷，不知道爲什麼非要去那裡。父親像以前一樣脫光衣服，只穿著內褲跳進了冰冷的溪谷，我在旁只覺得尷尬，轉身背向他們，坐看悠悠奔流的溪水。這是我們家第一次，也是最後一次的旅行。之所以成爲最後一次，可能正是因爲那天令人窒息的尷尬。

父親出獄後的幾天裡，我們連一句話都沒有交談，我甚至沒有意識到這一點。

父親一向喜歡和人說話，只要抓到一個主題，甚至能聊上幾小時。以前和我也是如此。但是那幾天，不僅是我覺得尷尬，父親對於一下子長大的女兒也覺得困惑和陌生，不知道該說什麼，要怎麼開口。

對於父親和女兒而言，被奪走的六年永遠找不回來。日常生活雖然逐漸改善，但直到父親去世爲止，他始終無法恢復入獄前和我相處的那份親密感。我經常深深懷念以前的日子——好比某個秋日，父親載著我瘋狂踩著腳踏車踏板，以爲要遲到的我嗚嗚哭著跑進教室，卻只見秋日午後陽光靜靜流瀉在地。是父親故意耍我，那時我是在睡午覺，他卻對醒來的我說已經是第二天早上了。我爲此氣得火冒三丈，但他卻把一顆像陽光一樣美麗的紅玉蘋果放在我手上。回家路上，我咬著酸溜溜的紅玉，欣賞修長的波斯菊在秋風中微微晃動。

此外，我也十分懷念像這樣的日子：父親代替去趕集的母親點燃爐灶，母親向來愛惜大米，鍋巴不會壓得太厚，但父親卻長時間用小火把鍋巴壓得十分厚實，他把鍋巴捲成像球一樣大，放在我手中。那顆鍋巴球跟我的臉一樣大。他把媽媽的飯放在炕頭，一下子把我舉高，讓我騎上他的肩膀。我高高坐在父親肩上，出門去接母親。在那條路上，有下過大雪的日子，有飛來密密麻麻螢火蟲的日子。

因爲和父親在一起的時間實在太有意思了，我甚至會幻想如果母親都是晚歸就好了，要是她現在才走到土今里岔路口就好了。

正如我所希望的那樣，母親有時會特別晚歸，我們會走到土今里岔路口對面去接她。雖然是一個多小時的路，但父親一次也沒有讓我的腳踩在地面。穿過岔路口之後再往前走一點，亮光突然出現在我們眼前。

「妳知道那是什麼地方嗎？」

我當然不知道，這還是我第一次看到像白晝一樣明亮的夜晚。

「那裡是鷹巖洞啊，鷹巖洞。」

鷹巖洞是我喜歡的小舅舅住的地方。我在父親的肩膀上興奮地扭動著屁股。

「哪裡？在哪裡？」

「那裡，右邊最亮的那個燈，看到了嗎？那裡就是舅舅家。妳看，舅舅頭上綁著白色毛巾，正在用功讀書呢！」

我不斷揉眼睛，卻怎麼也看不到綁著毛巾讀書的舅舅。我全沒想到這是謊話，只是將眼睛緊閉、睜大，爲了想看到舅舅費盡心思。

「我們鵝異也要像舅舅一樣用功讀書，以後上首爾大學。」

「好！」

在瞇著眼睛的縫隙中，出現了背對燈光，頭頂著大包袱的母親。不知行李有多重，壓得母親的腳步一晃一晃的。父親趕緊放下我，跑向母親。父親竟然拋下我奔向母親？我委屈得放聲大哭，甚至把喉嚨裡的鍋巴吐了出來，哭得極為傷心。即使母親蹲下想要揹我，我還是搖頭。結果父親只好一手拿著母親的行李，一手把我拉到他背上，直到那時我才停止了哭泣。可能是走路時搖搖晃晃的父親，後背像搖籃一樣舒服，我不知不覺睡著了。但一隻手真的很難撐住，父親擡起我屁股時，我短暫醒了過來。

「別家的孩子都喜歡媽媽，只有我們鵝異最喜歡你這個爸爸。」

「當然，我們家鵝異最喜歡我，其次才是妳。」

「哎呀，眞棒啊！你是第一。」

「妳知道為什麼我是第一嗎？」

「因為你每天陪她玩？」

「不是，是因為我做的鍋巴比妳做的大三倍，我們家鵝異只要看到鍋巴就開心得不得了。」

才不是，我最喜歡爸爸，就算不給我鍋巴也一樣。我喃喃地說著夢話，父親開心得向著夜空大笑。

「刻骨銘心」這形容對我來說有些太過，關在監獄裡的父親才是眞的會在每個晚上深深切切地懷念著那些時光。許多理所當然的事實，我這個不成器的女兒是到了父親的葬禮上才稍微懂得。爸爸！我向著遺照大聲呼喊。他當然聽不見，這位標準的唯物論者，已經徹底消失，誰也無從得知他的心意，至於遺照的晃動只不過是光線挪移開的玩笑。而我，當然也是不可能得到任何答案或迴響。但奇怪的是，父親的遺照卻讓我想起那些令我深深懷念的親密回憶。也是直到此刻，父親去世之後，他才不是游擊隊員，而是我的父親，小時候那個曾經無比親近的父親似乎復活了。我想，死亡不是結束，人生就是經由死亡，在某些人的記憶中復活。因此，和解或寬恕也是有可能的。

夜深了，但我的頭腦更加清醒。心情……比任何時候都要平靜。因爲我是冷靜的理性主義者的女兒，也因爲父親這一生的最後一天即將到來。

★

天亮之前，江對岸的智異山還沉浸在深藍色的黑暗之中，連一輛車都沒有經過的柏油路也是一片漆黑。在那條路的某處傳來像是哭泣，也像是唱歌的聲音。上完廁所回來，我朝著聲音走去。靠近殯儀館辦公室後面時，聲音變得清晰起來，招喚我的聲音是歌聲。

在遼闊的海邊有一間小茅屋
裡面住著捕魚的父親和不懂事的女兒

蹲著的兩個女人靠在彼此肩膀上，像哭泣一般唱著〈親愛的克萊門汀〉*。這首歌是我學到的第一首歌，也是五音不全的父親教我的。進入小學的第一節音樂課上，因爲老師點我唱這首歌，我便充滿自信地唱了出來，結果卻引發孩子們的爆笑聲。我坐在父親肩膀上接母親回家的夜晚，學會了這首歌，後來才知道原曲的悲傷故事。內容是淘金熱的時期，爲了尋找金礦，和女兒一起橫越大陸的男子在加州峽谷定居。男人爲了女兒的幸福努力淘金。有一天，女兒克萊門汀掉進溪谷，被洶湧的水流沖走，父親哀痛地尋找消失的女兒。眼前這兩個女人用和我七歲時同樣的錯誤曲調唱著〈親愛的克萊門汀〉。

我的愛，我的愛，我的愛——克萊門汀
妳留下我這個年老的父親，究竟去了哪裡？

與歌曲的內容不同，雖然我們家離開的是父親，但父女再也無法相見則是一樣。我好像看到父親每天晚上在鐵窗裡徘徊，唱著〈親愛的克萊門汀〉的樣子。

在這麼多的歌曲中，父親爲什麼要教我這首歌？也許是他因爲疾病而暫時保釋出

＊〈Oh My Darling, Clementine〉，美國淘金時期的民謠，二十世紀初期引進韓國，配上韓文歌詞後，廣為流傳，甚至曾收錄於小學教材中。

來，所以預感到日後必然會有的離別。

可能是感覺到我的動靜，歌曲突然中斷了。一個女人站起身向我走來。首先映入眼簾的是染成黃色的頭髮。我突然想起只告訴了她我的電話號碼，卻連她的名字都沒有問。

「這麼晚了，有什麼事……」

孩子朝著坐在一起的女人喊媽媽，應該是那個越南女人，是父親所謂戰勝了美國的偉大民族的後裔。

「媽媽說有機會的話，想要向爺爺致意，所以才來的。因爲燈都關了，我們在這邊等著呢。」

父親多管閒事的本事到底延伸到求禮的哪些角落啊？我笑了出來。

「如果是來弔唁，敲個門就行了，我沒睡。我怕其他人太累，讓他們都回去了。我們進去吧！」

孩子和她母親牽著手走進弔唁室。我把關掉的燈全部打開。在明亮的燈光下，父親的臉孔又活過來了。在與美國作戰中落敗，並成爲叛國賊的父親的葬禮上，能有一位與美國作戰獲勝的越南裔女人前來弔唁，父親應該會很高興吧。

被突然變亮的燈光嚇了一跳的女人低下了頭。行禮後站起來的女人右臉頰和脖頸上的手印清晰可見，應該是才剛發生。一些移民女性的不幸事件在這女人身上，似乎也沒能避免。這是全世界唯一戰勝美國的偉大民族的可悲現狀。

「姊姊，還有飯嗎？」孩子突然問道。

女人輕輕拉扯孩子的衣袖。

「怎麼了？難道妳還想回去挨揍嗎？」

孩子頂撞她媽媽，一屁股坐在旁邊的桌子上，然後好像把這邊當是自己家一樣拿出燒酒。女人哭喪著臉要搶燒酒瓶。

「誰說是我要喝？妳得喝點酒才能解氣吧？爺爺不是說過在怒氣衝天的時候，酒是最佳良藥？」

分明是老頭子的語氣，看來這話是從父親那裡學來的。孩子嘩嘩地把燒酒倒在杯子裡，然後放在她母親前面。我趕緊把飯和辣牛肉湯端到上桌，看樣子是連晚飯都沒吃。孩子的母親嘆了口氣，拿起酒杯，孩子小心翼翼地搶了過來，然後把湯匙遞給她。

「先墊墊胃！」

女人把飯泡在牛肉湯裡吃了幾口，我趕緊把小菜端來，她鄭重地點頭致意。不愧是偉大民族的後裔，她非常有禮貌。雖然對凌晨來到喪家吃飯的母女充滿了好奇，但因爲是初次見面，所以很難開口問些什麼。父親應該知道她家的情況，所以我想她們應該是信任死去的父親，所以鼓起勇氣來到這裡，我決定只要知道這樣就好。雖然很想問她們〈親愛的克萊門汀〉是跟誰學的，但決定還是先不要問。眼看就快天亮了，若是想要了解不熟的人，這點時間實在不夠，而且今天要做的事情太多了。

喝了幾杯酒後，原本臉上沒什麼血色的女人也露出了笑容。因爲臉頰變得紅潤，原來清晰可見的手印淡了些，緊閉的嘴也張開了。

「眞對不起，第一次見面……」

女人的韓國語不但非常流暢，而且說的是首爾標準話。眼尖的孩子立刻補充說道：

「我媽媽讀大學的時候，是專攻韓國語。她是知識分子，跟我不一樣。」

「知識分子」這句話可能也是跟我父親學的。

「妳同等學歷合格以後，去讀大學就行了。」

女人溫柔地撫摸著孩子乾黃的頭髮說道。

「這種事情也不是經常發生……他原本是好人……不好意思，給您添麻煩了！」

「什麼好人？每天出手的就是該死的傢伙，一年打一次就算好人嗎？爺爺不是說過，只要是打女人就是混蛋。」

對這孩子來說，我父親的話簡直像是被奉為《資本論》或《聖經》。

「每個人都有不得已的苦衷，不要記恨妳爸爸！」

我差點以為是我父親死而復活說了這句話。

「不管是爺爺還是媽媽，只要一開口就是每個人都有苦衷！哎哎哎！」

孩子連連拍著自己的耳朵，裝作不想聽的樣子。這也是我在父親面前偶爾會做出的舉動，雖然不會像孩子一樣可愛地拍耳朵。從她對父親的話有所不滿的樣子看來，這孩子似乎不是毫無選擇的追隨者。幸好如此，她想要擺脫逝去的父親似乎會容易一些。

喝了半瓶燒酒的女人可能是熬過了辛苦的一天，才靠到牆上便開始打起瞌睡。孩子脫下自己的外衣蓋在她身上。

「姊姊，我們休息一下就走。那傢伙等一下就會喝醉、睡著，那時候再偷偷回去就行了。」

「喪主休息室裡沒人，妳要不要去那裡，跟媽媽舒舒服服地睡一覺？」

孩子搖搖頭。

「等一下就要去店裡開門，也沒法睡太久。附近新開了一家便利商店，我們一大早也得開門，這樣熟客才不會被搶走。」

「商店不是奶奶開的嗎？」

「她出了交通事故，骨盆都碎了，已經過了三個月，還住在醫院裡。媽媽代替奶奶看店，那傢伙從傍晚就開始大鬧，要媽媽交出奶奶賠償金的存摺。原本我們還拿不到錢，多虧高爺爺四處奔走，到處連絡，好不容易才拿到賠償金……奶奶說那些錢是以後要補貼我開美容院的資金，有誰敢動那筆錢，就要把他的手打斷……」

作爲損害鑑定人的鶴洙也爲這份寶貴的賠償金做出了巨大貢獻。世界眞是狹小，兜兜轉轉之後又再相見。鶴洙看到這孩子時，大概不會想到自己幫過她奶奶的忙。父親在這個小小的世界串連起密密麻麻的人際網，如此眞實鮮活，生動地呈現在我眼前。

「我啊，只想跟奶奶、媽媽一起住，如果眞能這樣就好了……如果高爺爺還在就更好了……我眞不敢相信高爺爺已經不在人世了。」

孩子用拳頭抹掉無聲滴落的眼淚，流了一會兒眼淚後，她把那一頭黃色頭髮靠在媽媽的肩膀上，隨即陷入沉沉睡眠。我把喪主休息室的薄被拿過來，給她們蓋上。我把被子的末端緊緊夾進她們的肩膀和牆壁之間，即便身體移動也不會掉下來。因爲這兩個人是比任何人都要惋惜父親死亡的珍貴弔唁客。

白色薄被包住的兩人就像小時候看過的白色蠶繭一樣。此刻黎明正慢慢地將黑暗推開。

★

我們按照預約準時在十一點到達，可是都已經過了十二點還沒輪到父親火化。我目不轉睛地盯著螢幕上死者名字的變化，然後去了辦公室。口中說著對不起的職員臉上完全沒有露出一絲歉意。

「很奇怪吧？有些日子擠滿了客人，有些日子卻連一個都沒有。他們大概是不想獨自一人上路吧，我們能怎麼辦？就好像是約好要一起走似的。所以今天他們要去的路上不會寂寞了，再等一下吧，不管怎麼催我們也沒用。因爲第一個人遲到，接下來的每一個人都會延遲，我們也沒辦法。又不能燒到一半停下來。」

無論是殯儀館還是火化場，服務的對象就是死者。該說這是個淒涼的職業，還是好職業？反正職員講的沒錯，催他們也沒用。

我在火葬場後面找到我的學生躲起來偷抽菸。打從大學一年級開始，他們不僅在我面前光明正大地抽菸，甚至還穿著拖鞋大步走過來跟我借火。和這群孩子們認識已經是十五年前的事了，他們早已過了需要躲起來抽菸的年齡。

「二十歲起就敢光明正大抽菸的傢伙，怎麼突然變得這麼有禮貌啊？」

一個孩子用中指彈掉菸頭，噗哧而笑。

「我們的年紀也瞞不住了啊。」

另一個傢伙接過朋友們的菸頭，放在空菸盒裡面說道。

「就是啊，我還眞以爲自己來到什麼文物館了。你們聽到了嗎？他們喊老師『孩子』呢！孩子。倘若老師是孩子，那我們不就是精子了。」

孩子們低聲吃吃地笑，這就是他們安慰我的方法。一個傢伙猛地遞來一根菸給我。

我是在大學即將畢業的時候，被父母發現我會抽菸。那年夏天，我躲回潘內谷，抱著這是最後一次嘗試的覺悟準備投稿新春文藝文學獎。自以爲準備得很充分的香菸都抽完了，潘內谷裡又沒有商店，我也不想爲了買一包菸，頂著烈日走出去。心想趁這個機會把菸給戒掉算了，如果眞的想抽，那就偷一根父親的「青瓷」＊抽抽就行。我們家後面的廁所沒有門，非常適合偷偷抽菸。鄉下廁所特有的味道足以掩蓋菸味，而且牆壁中間敞開，沒有玻璃窗，山谷的風就是最好的通風方法。聽到靠近的腳步聲時，只要大聲乾咳兩聲就行了。

有一天，母親正色詢問我：「妳，抽菸嗎？」

突然這麼問，就意味著母親已經掌握決定性的證據。我沒回話，媽媽先開了牌，說：「妳爸爸說在舀糞便的時候，看到菸頭。」

哎呀，是我的判斷出現錯誤。在首爾生活幾年後，我忘記了在鄉下還使用人糞當肥料，所以不可能把含有各種化學物質的菸頭丟進肥料裡。

「浪費錢，又會把身體搞壞，抽菸是全世界最沒用的行爲，戒掉吧！」

嘴上雖然說知道了，但是沒能戒掉。一、兩年後，一起看著什麼電視劇的母親看到抽菸的女演員，嘖嘖咂舌。

「哎呀，這是誰家的女兒？臭ㄚ頭還抽菸呢！」

我在旁邊噗哧一聲笑了出來。母親之所以會跟我說什麼健康之類的理由，其實是因爲她早料到如果她說「女人怎麼能抽菸」之類的話，父親和我馬上就會指責她的僞善。對於電視劇極度輕蔑，只看電視新聞的父親這次也一邊看著報紙一邊插話：「什麼誰家的女兒，就是妳女兒啊！」

母親看了看四周，深怕別人聽見，然後低沉而堅定地說道：

「這孩子早就戒了，不，根本不用戒，她那是因爲好奇心才抽的，你千萬不要說她抽菸，別人聽到怎麼辦？」

母親再三否認，父親還是哼了一聲。他是愛抽菸的人，當然知道戒菸非常困難。母親一直辯解說你女兒絕不是抽菸的孩子，忍無可忍的父親嚴肅地做出結論。

「別人家的女兒抽菸就是壞丫頭，我們家女兒抽菸就是好奇心？這完全是小產階級的嘴臉！一個連小資產階級習性都克服不了的人，還想從事什麼革命？」

那時母親已經年過花甲了，年過花甲的共產黨員還在資本主義韓國談論什麼要革命的事，這簡直像是在演黑色喜劇。我當下就起身離開，非常想抽菸。只有為了抽菸，我才會爬到村裡的人絕對不會去的半山腰。在連續抽了三根菸的期間，我看著像火柴盒一般大小的我們家。在那樣的屋子裡，母親看起來比火柴頭上的磷粉還小，她應該還在自我檢討未能擺脫小資產階級習性的錯誤吧？這是多麼可笑、淒涼的畫面。

即便到了現在，母親只要看到我，都會要我戒菸，但父親一次也沒有提到過

＊韓國六、七〇年代香菸牌子。

抽菸的事。有一天我在陽臺上抽菸，父親突然走了進來。

「給我一包菸。」

父親點燃了我遞過去的香菸，我則拿出另一包藏在身後的香菸，父女倆一起望著智異山抽著。當天和父親一起抽的菸，是我抽過味道最香的菸。回顧過去，父親實在是超越父權制、小資產階級習性的眞正革命家。如果有靈魂，如果父親目睹了現在這個場面，他也會跟我要一根菸。我又跟學生要了一根菸，點燃之後放在岩石上。香菸獨自燃燒，我懇切盼望那一絲菸氣能飛到父親身邊……

「好像會拖得比較久一點。因爲有不少老年人，要是超過了吃飯的時間他們會很辛苦，你們能幫忙分便當給他們嗎？」

年輕人的動作還是比較快，一行四十多人一下子就都拿到便當、水和水果。幸虧聽了米糕店姊姊的話。剛舉行完路祭＊要出發的時候，米糕店姊姊過來找我。

「找三、四個年輕人來，幫我搬一下這些東西。」

我沒問是什麼，光看外表就知道是便當。

「不知道時間會拖到什麼時候，我簡單地準備了一些。常常有超過時間的事情發生，又不能火化到一半暫停讓大家去吃飯。」

那時才九點，姊姊到底是什麼時候開始準備這四十人份的便當呢？吃早飯的時候，我也去過廚房幾次，但都沒有發現端倪。也許是我漫不經心的眼睛看不到吧？姊姊將一個大保溫瓶遞給我。

「這個另外找個人保管，妳媽媽不能吃冷飯，所以我另外煮了熱芝麻粥，因爲裝了不少，如果有其他長輩沒法吃飯，可以分給他們吃。」

不知從哪裡出現的黃社長接過保溫瓶，然後轉交給連續三天一直陪著我的學生。他好像一直在留心觀察來來去去的人。

趁學生們分發午餐便當時，我去辦公室找黃社長結帳。他遞給我的帳單上沒有燒酒的費用。

「我連燒酒的費用都付不起嗎？好歹我也是個社長吧？」

黃社長對於沒能一起去安葬地點感到抱歉，他另外充分準備了安葬時舉行祭祀需要的燒酒。我和黃社長素不相識，但對於他的好意，我感到既陌生又感謝。

＊在靈柩發引所經過的道路上，所舉行的祭拜儀式。

在大家吃完飯的時候，大螢幕上出現了父親的名字。我帶著遺照去了火化室，父親的大體被運到火爐前，我們進行了最後的祭祀。在我身後，鶴洙像兒子、女婿一樣行跪拜禮。雖然有些人會誤以爲他跟我是某種關係，但我無所謂。鶴洙無疑是父親的兒子，而且比我更優秀。

媽媽和我坐在火化室裡，看著正在焚燒父親大體的火爐。父親相信塵埃是人類的起源，他現在正回歸於塵埃。母親緊緊握住我的手，然後在我耳邊低聲說道：

「鵝異，我眞應該多迎合妳父親的。」

我過了好幾分鐘才理解了迎合的意思。母親說出這麼令人難爲情的話，卻泰然自若地抹去眼淚。

「我不是經常生病嗎？我都沒辦法控制我的身體了，可妳父親老是想要我，我實在煩死了，於是對他說你乾脆去外面找女人好了。」

父親大發雷霆，一下子站了起來。

「眞的要我走？」

「你走吧！」

父親在深夜氣呼呼地大聲關門，消失在黑暗中。母親說我被關門聲嚇醒，一直嚎啕大哭。

「我好久沒睡得那麼香了，不碰我的話，眞的能睡好。」

「爸爸呢？眞的去別的地方了？」

「那時還有宵禁，他是因病假釋的，大半夜的能去哪裡？」

父親直接去了當時還活著的大伯家，跟大伯一起喝了一整夜的酒。直到天亮才回來的父親瞪著母親，充滿威嚴地喊道：

「妳如果再說一次那樣的話，我眞的會離開。」

「當時我還因爲那句話覺得委屈，他根本沒有考慮到我身體的病痛。說什麼革命家呢，連那種事情都無法忍耐，男人眞的那麼喜歡做啊？可是後來我只要不舒服，他喝杯燒酒也就睡了，所以我才活了下來，要不然早就沒命了。」

如果是平時，我一定會咯咯大笑，但在父親即將火化的情況下，我不能笑出來，於是咬緊嘴唇忍住笑聲。

「再怎麼說，爸爸現在正準備火化，不是說這些話的時候吧？」

可能是她自己也覺得好笑，於是揚起嘴角笑起來，眼裡卻噙著淚水。

「就是啊，眞奇怪，坐在這裡，卻老是想起那天的事情。早知道就迎合他了……

他明明知道我不舒服，要不是忍不住的話，怎麼會想要和我……」

一起生活了近五十年的母親現在似乎終於理解了父親的苦衷、男人的苦衷。我也一樣。父親是革命家，是游擊隊隊員，但在此之前，他不僅是兒子、兄弟、男人、戀人，也是母親的丈夫、我的父親、某人的朋友或鄰居。不只是千手觀音菩薩才有千面千手，人也有千張面孔。我看過父親的幾張臉孔？比起我一生所認識那張面孔，在葬禮上，我似乎認識了父親更多的面孔。對於年輕時父親纏著母親要做愛的夜晚，我不再覺得好笑了。這樣的男人是我的父親，就像任何人的父親也都有那樣的時候，只是我不知道而已。

終於化成灰燼的父親被裝進骨灰盒裡，我覺得父親依舊溫暖。小叔不知道是坐誰的車來的，遲到的他伸出瘦削手臂抱住了父親，父親的溫度將會沿著小叔的手臂溫暖他的血管。小叔癱坐在地，抱著父親的骨灰痛哭起來。小叔當年九歲，他們兄弟在時隔七十年後才再次相擁。堂姊們圍著小叔抹眼淚，我懇切祈禱骨灰的溫度能融化小叔近七十年來像化石一樣堅硬的心，也為因著父親的緣故陷入困境的堂哥、堂姊祈禱。父親的同志們之前只跟自己人聚在一起，不跟其他人接觸，這時他們也朝著父親的骨灰走來。

★

白雲山韓齋很遠，從求禮上去的道路又窄又險，小型巴士沒法開上去。好一點的情況是開到光陽市那邊的白雲山腳下，那樣也得花一個多小時。到達首爾大學實驗林場入口時，已經過了下午三點。前面的轎車停了二十多分鐘毫無動作。坐後面巴士的親戚們等不下去，跑過來問發生了什麼事。雖然前一天在家睡覺，但連續兩天在喪家勉強睇著眼睛接待客人的堂姊們也露出疲憊的神色，姊姊們都已經是將近七十歲的人了。

過了三十分鐘，鶴洙跑了過來。他坐的車在最前方，游擊隊同志們搭的車在他後方，共有四輛，然後是我乘坐的靈車。剛想下車，鶴洙就揮手要我進車裡去。

「那個……別給他們發現遺照。妳除了喪服，就沒有帶別的了？」

因爲這裡是首爾大學實驗林場，所以很難進去。雖然登山客偶爾會來，但這麼多車輛排隊進入的情況並不多見。更何況我們這群人還打算來山上舉行樹葬，只是在沒取得許可的情況下進行樹葬，應該是違法的吧。

「只要不給他們發現是靈車，就能進去了嗎？」

「還得再商量。我來是想叫你們再等一下，可是妳媽媽一定會納悶發生了什麼事。」

母親把臉伸到車窗外面問道：

「發生了什麼事？」

母親從南原出發的時候，狀況就不太好。不知道是不是因爲腰痛，來白雲山的路上她不斷變換姿勢。看來在這種情況下，她很難堅持太久，但是要母親別去安葬地點也很奇怪。

向母親說明大致的情況之後，她立刻說道：

「妳父親躲了一輩子，死了以後還要再躲躲藏藏嗎？」

我不顧鶴洙的勸阻，還是下了車。一條僅容一輛貨車行駛的泥土路蜿蜒連接到樹林。

「從這裡還要開多久？」

「坐車的話大概要三十分鐘，雖然不太遠，但都是土石路，沒辦法加速。」

我穿過停下來的車隊，走進山路。雖然是入口處，但樹林卻很茂盛。除了我們這一行人之外，看不到任何來往的人車。父親會想葬在這裡嗎？一個人孤零零地獨自在深山裡？父親在白雲山待的時間最長，足跡遍及各個山頭，從一九四八年冬天到一九五二年春天爲止，一直以游擊隊員的身分活著。雖然游擊隊員的身分左右了父親的一生，但實際上他打游擊的日子只有四年。僅僅四年，卻束縛了父親一生，這當中的原因與其說是父親的信念很偉大，不如說是因爲南韓政府嚴禁社會主義，阻止曾信奉過社會主義的人重返社會。人如果什麼都做不了，那他們的時間就不會流逝。因此，父親被困在僅僅四年的游擊隊歲月裡，一輩子過著像是標本一般的生活。父親生活在求禮的日子更久，他是求禮人、是求禮人的鄰居，他的親人在求禮，七十年的知己們也都在求禮。父親的根源不是山，他的信念只是從根源上延伸出來的樹幹而已。樹幹即使被砍斷，樹木也會活著。其他新生的枝條會伸出來長新芽，成爲新的樹幹。

我把正在跟山林管理處職員起爭執的鶴洙叫來。

「我不想讓父親葬在這裡。」

鶴洙呆呆看著我。該怎麼向他說明呢？這個人爲了揭開麗順事件眞相而傾注了全副心血，還把那些爲了實現平等世界而拚命的游擊隊員當作自己的父親，用自己的錢奉養他們。說實在話，鶴洙能理解我嗎？

「爸爸好像會太寂寞。如果葬在這裡，親戚好像也沒辦法再來。」

暫時陷入沉思的鶴洙點了點頭。

「那倒也是，那妳打算把他葬在哪裡？」

對於這個問題，我打算據實以告。

「小叔說要給我們地，但我也不太想要。」

「那妳打算怎麼辦？」

「我打算把他的骨灰灑在各個地方。」

鶴洙睜大了眼睛。

「那是爸爸平時的想法。死了以後，身體會腐爛，他要我把他的骨灰隨便灑掉。」

鶴洙哈哈大笑起來。說不定他也從父親那裡聽過同樣的話。

「這才像爸爸啊，眞的只有爸爸才想得出來。可是妳說各個地方，是指哪裡呢？」

「他經常去的地方，到處都灑一點。潘內谷也灑一些。」

朴東植似乎察覺到了，邁著小步走了過來。他問發生了什麼事，我坦白以告。聽到父親隨便灑掉的遺言，他無言地點著頭。東植不愧是村裡的僕人，反應很快。

「那些老先生不會生氣嗎？我看他們都準備好追悼詞了。」

「就跟他們說山林管理處不同意，只好埋在祖墳。」

「那就這樣，其他親戚我再找個適當的機會跟他們說。」

父親晚年的朋友們陣線非常一致，我也沒有必要出面。不愧是夢想成爲將軍的人、不愧是村裡的僕人，鶴洙和東植以一瀉千里之勢指揮眾人動起來。關於山林管理處會不給葬禮的車輛放行，大家的反應都是早知道會有這種事。但我還是覺得應該向小叔據實以告。

「那妳現在打算怎麼辦？」

很難說是久違了，還是這輩子頭一次整天沒喝酒的小叔問我。

「不管是白雲山還是智異山，我想自己一個人去找個好地方，將父親埋葬。」

小叔這次乖乖地接受。

「他那人就像義賊洪吉童一樣到處奔波，也許妳這個方法更好。妳就看著辦吧！」

從最後面的車開始依次倒車，向著山下的世界駛去。游擊隊的同志們不知道是老了、累了，還是得趕車，都乖乖地下山了。爲了重建地下組織，而僞裝自首下山時，父親應該也是看著這一路的風景。如果想避開視線，應該要在晚上行動，但世界總會用明亮的燈光迎接父親。父親應該想好了吧？我們要進行戰鬥的地方不是在山上，而是人們一起聚在燈光下吃飯、讀書、相愛、爭吵的那個世界。如果是父親，肯定會這麼想。這就是我認識的父親。現在我抱著父親冰冷的骨灰，跟自首那天的父親一樣，走向這個世界。

★

我留下全身開始出現疼痛症狀的母親離開了家。很久沒有茫然地徘徊在求禮的街道上了，鶴洙執意追來找我。

「我比妳更清楚爸爸去的地方，先去哪裡？」

「中央學校。」

中央學校離家裡不遠，也是我的母校。求禮人有三分之二是中央學校畢業的。父親在這裡結交了一輩子的朋友，引導他成爲社會主義者的那位朋友後來還考進了光州第一高中。當時中央學校的日本籍校長未能獲得任何配給，後來還是父親供應校長的家人糧食。校長告知父親日本的滅亡迫在眉睫，要他速速躲避，不要去當學生兵，甚至還製作假的鐵路學校畢業證書給他。日本校長的善意對父親的生命而言究竟是得是失，難以定論；因爲父親成爲鐵路工人後，便加入了工會，成爲社會主義者。反正父親本來也難逃被迫成爲學兵的命運，殖民地朝鮮的青年沒有所謂光明、浪漫的未來。無論校長的善意最後導致的結果如何，父親只相信他們的善心。我突然想起趙容植這個名字。向父親傳達社會主義理念的青年，趙容植在入山後意外早逝，他也曾和父親一樣夢想去平壤留學。

雖然不是社會主義者，卻非常疼愛社會主義者學生的蘇老師，也是父親來到中央學校才認識的。蘇老師對於父親未能選擇京畿高中，而是選擇鐵路員工這條路感到非常遺憾。不過也是多虧他做媒撮合父親和母親，我才得以出生。父親在中央學校建立起許多我所不知道的緣分，好比那個小酒館老闆就是其一。因著這個地方牽起的緣分，父親的一生波瀾壯闊，十分豐盛。

我抓了一把事先分裝到小袋子裡的父親骨灰，把手舉向空中。骨灰不像麵粉一樣光滑，摸起來像是會發出嘎吱嘎吱的聲音。骨灰順著剛好吹來的風飛向校園。在校園的某個地方，父親扯斷了同年級初戀女孩的橡皮筋。

「不埋葬，就這樣灑掉？」

「爸爸要我這麼做的。」

鶴洙也把握著的手舉到空中，靜靜地鬆開拳頭。風吹的方向不一，父親的骨灰到處飛揚，瞬間消失，只有風知道骨灰去了哪裡。不過無論是去哪，父親的骨灰都會在某個地方成爲肥料。希望父親的骨灰也能飛向通往文尺的道路兩旁，那些高如成人的波斯菊花叢。

我們開車前往潘內谷。雖然現在已經鋪設了柏油路，但在父親步行前往中央學校的時候，這裡才剛剛開闢鋪滿石子的新道路。父親每天早、晚都得走這條路，往蟾津江去坐船。現在為了疏浚洪水，江上建了一座巨大的橋梁，我打開車窗撒了一把骨灰。骨灰雖然四處飛散，但我的記憶卻愈發清晰。

一場洪水過後，父親和我站在江邊。那應該在是我小的時候，但究竟是什麼時候也不十分清楚。帶著黃土的江水奔騰流淌，彷彿要吞沒堤壩。我那時坐在父親肩上，看著黃土江水沖走了所有東西，各種家具、豬隻，甚至還有牛。人們危顫顫地站在堤壩盡頭，向動物拋出長長的竿子。一頭豬好不容易搆到竿子。大家都發出感嘆：連豬都想活下去啊。但最終那隻豬還是逃不出洶湧的滾滾水流。

我大聲尖叫，因為順著水流往下游流去的屋頂上竟然有一個人。父親把我放了下來，然後往大堤上奔跑。父親丟出竿子，江水流速比父親奔跑的速度更快，那根竿子的長度根本不夠。我久久望著搖搖晃晃的茅屋頂與攀在那上面的人。我哭了很久，父親問我為什麼哭，我不記得當時是怎麼回答的，只記得父親的答案。

「黃土江水把世上所有的髒東西都沖得一乾二淨，也只有大水把所有東西都捲走的時候，新的道路才會開啓。」

現在的蟾津江與當時相比，簡直像一條乾涸的小溪。水庫建成後，水量就明顯減少，原本的水道也被堵塞，江水日漸枯竭。不過即使用大壩堵住，黃土江水總有一天也會超過大壩高度。祈願父親的骨灰緊貼在江邊巨大岩石的某處，等待黃土江水再次奔騰的那日，他能被水流帶著，一起開啓全新的道路。

前往潘內谷的路上，我偶爾打開窗戶撒出一些父親的骨灰，因爲不知道這條路的何處曾經留下父親的何種記憶。日本帝國主義占領時期，父親會挑兩捆木頭沿著這條路去賣。因爲如果只挑一捆，賺不了多少錢，所以才會挑兩捆。他先將一捆木頭送去賣掉之後，再回來揹另一捆木頭，單趟是八公里，以這種方式來回得走十六公里。父親和以前的人就是靠這種方式，一肩挑起兩捆木頭。我突然想到，是不是因爲小叔和我太過虛弱，或者因爲生活變好，所以我們就認爲自己一肩挑不起兩捆木頭，於是乾脆撒手不管？

潘內谷非常安靜。

傍晚六點，是大家吃晚飯的時間。親戚們因爲連日葬禮的儀式而疲憊不堪，可能早早就睡覺去了。我選擇在首爾人買下之後，偶爾才回來看看的老家前、栗子園裡、我離家出走未遂的起源地「巨石岩」旁、小叔家門前、爺爺去世的舊亭子（現在已成爲老人活動中心）前，以及父親少年時期噗通跳下水的小溪裡，都留下了一些父親的痕跡。不管是什麼型態，倘若眞有所謂死後的能量存留，我祈願曾感到孤單孤獨的父親，能與這世界和解。我也祈禱當年選擇意識型態而非血親的父親，願他在天之靈能好好安慰九歲那年目睹爺爺死亡、嚇尿嚇暈的小叔這一生難以承受的艱難辛酸。

鶴洙和我默默地回到鎭裡。

「我們去老人活動中心吧。」

鶴洙沒問理由，直接開車去了老人活動中心。那地方離家不遠，可能是剛好碰到吃飯時間，活動中心的燈沒開。我在父親停腳踏車的位子、推腳踏車回家，第一次直呼其名「鶴洙啊」的路上，留下了父親的痕跡。我們把車子停在那裡，走到五岔路口。

五岔路口，只要是求禮人，每天都會往返這裡好幾次。五岔路口超市當然在營業，正如那孩子所說的，在雙線車道對面，不符合求禮風格的便利商店以十分華麗的照明吸引著顧客。遠處的智異山峰頂已沉浸在黑暗之中，黑夜正緩緩降臨求禮。我在五岔路口超市前，趁著沒有人經過時，撒了一點骨灰。有人打開超市的門走了出來，是那個黃頭髮的孩子。

「果然是姊姊，沒錯。怎麼看都像姊姊，所以我就出來……」

她像喝了酒一樣，醉醺醺地講話。

「妳要不要撒爺爺的骨灰？」

「那是什麼？」

「爺爺火化以後剩下的粉末。」

我感覺到孩子受到些微的驚嚇，這是無理的請求，她還只是個連死亡都難以接受的孩子。

「不撒也沒關係。妳可以告訴我妳抽菸時，遇見爺爺的地方嗎？」

孩子默默地往前走。五岔路口超市就在女子高中旁邊，父親和這孩子第一次相遇的地方，就在那前面不到一百公尺的小巷子裡。

「爺爺說的沒錯，妳在這裡抽菸眞是沒禮貌。學校和妳家就在眼前，有禮貌的話，應該走遠一點。」

孩子噗哧一笑。我在只能容一個人通過的巷子裡、在新移民子女充滿傷痕、積累憤怒的道路上撒了一點父親的骨灰，然後回頭看了看鶴洙。

「給我一根菸，不，兩根。」

根本不知道我會抽菸的鶴洙遞來兩根菸。我把一根遞給孩子，她怯生生地看著鶴洙的臉色。

「哎，我會把妳吃掉嗎？幹麼這麼小心看我臉色？」

孩子噗一聲點燃了香菸，三個人一起抽起來。一起，這兩個字眞好。菸抽到一半，孩子伸出了手。

「爺爺的骨灰。」

我把菸叼在嘴上，從袋子裡抓了一把骨灰遞給孩子，孩子也叼著菸接過骨灰。

「哇，爺爺看到的話，一定會說妳眞棒。只讓我們看到眞是太可惜了。」鶴洙說道。

爸爸怎麼看？爺爺怎麼看？我和孩子同時喊道。

孩子咯咯笑起來，第一次發出符合她年齡的少女笑聲，然後將父親的骨灰往自己上方扔。雖然天色尚未全黑，但路燈已亮起，在燈光下，白色骨灰逐漸顯露出來。可能因爲是在巷子裡，有牆壁擋住，骨灰沒能飛走，而是灑在我們的頭上。

我們三個人誰也沒有拍掉落在身上的骨灰，大概是同樣的心情吧，總感覺父親也在這裡，和活著的我們在一起。

「還想去哪裡？」

鶴洙把菸熄掉後問道。

雖然要去的地方很多，但有一個一定要去的地方，就是三五鐘錶行。那裡是父親度過晚年的地方，也有很多與意識形態無關，一直陪伴在父親身邊的朋友。

「三五鐘錶行。」

「我們開車去。」

孩子也理所當然地跟著我們。七點過後的求禮只剩路燈的燈光，除了便利商店以外的所有店鋪都關門了。我趁夜幕逐漸降臨，在三五鐘錶行前方道路上撒了骨灰。我想起三五鐘錶行大叔鼻子旁邊像嬰兒拳頭大小的肉疣。因爲那個肉疣，我很討厭大叔，也很討厭他默默修理、更換像小米粒一樣的手錶零件。鐘錶行大叔的世界就只是一個圓圓的、小小的空間；但父親的世界卻是企圖變革，企圖取代不平等、不合理社會的方案。在我看來，這兩個世界完全不同，但我不知道的是他們以三五同學會的名義一直在彼此身邊。而我如今祈求他們就像以前一樣，和諧相處。

我們在五岔路口停車，正要下車的孩子好像看到什麼，一下子拉住我的手。我不自覺地被拉到五岔路口超市對面、便利商店對面、五岔路口正中央的河東家酒館。雖然老舊的鐵皮屋已經消失，蓋起了新的建築，但近乎三角形的奇怪形狀依然如故。孩子伸出手，骨灰只剩下一點，孩子把它放在我的手裡。

「爺爺說過，姊姊妳在這裡發過脾氣？就因爲爺爺拍了大嬸的屁股？」

父親眞是個連自己的缺點都能說出口的高手，而且還是對著這個孩子。

「爺爺說他那時的心情很奇怪，他說『父親』這個詞原來是這種感覺啊！他說當時他比在山上的時候，比面對警察、軍人、美軍的時候，更害怕。」

我手裡握著父親的骨灰哭了出來。因爲父親創造的奇怪緣分，這兩個人默默守在我身邊。他們的影子漸漸變長，包圍著我。可能是因爲長時間握在手中，骨灰逐漸變得溫暖起來。

那是我的父親，不是游擊隊員，也不是共產黨員，而是我的父親。

作者的話

《父親的解放日記》是對我自以爲優秀而堅持的歲月進行的深刻反省。

雖然我相信自己很努力生活，但隨著年齡增長，卻總感覺自己似乎過得並不好。我很傲慢、自私，理所當然會犯下很多錯誤。但就算神將我送回年輕的歲月，我也會加以拒絕，因爲我沒信心能承受那段傲慢青春產生的羞愧。

多虧我是一個懂得反省的人，所以才能夠忍受羞愧活到今天。朋友說我是「反省主義者」或「追求成長主義者」，說什麼反省和成長是我的特長。其實我擅長的也只有這兩項，能勉強做到，實在是萬幸。我就這麼自我安慰著生活下去，現在回想起來，其實問題就出在這裡。

幼年時期的我每天都坐在村子入口的朴樹下，看著通往鎭上的新公路，想像著那一頭的世界。成長期的我每當聽到遠處響起的汽笛聲，就會夢想那列火車的終點——首爾，那個比此刻此地更高、更遠的地方。然而，在東奔西走、焦慮著過活之後才知道，因爲我是游擊隊員的女兒，所以不能走得更高、更遠。我的悲劇並非來自我的父母是游擊隊員，而是想要走得更遠、更高的欲望本身，就是我悲劇的開始。

年過五十才醒悟到其實不用再向更遠、更高的地方前進。幸福和美麗都不在那裡，是想要成長的欲望反而阻礙了成長。

回到故鄉，才發現在首爾看不到的美麗天地。

不僅僅是蟾津江邊的櫻花路、般若峰的落日、老姑壇的雲海絕美；甚至是說過不喜歡櫻花的無情，不喜歡山茱萸沒內在的村裡老奶奶，以及縱使我說不需要，卻堅持人要吃飯才有力氣，硬是要端食物來的食堂老闆，還有把沒法吃的野菜賣給我，騙我說煮了會變軟的菜市場婆婆，和看我一人坐在離廚房最遠的桌邊，責備我說又沒其他人，要我坐近一點的飯館大嬸（其實是她的關節炎十分嚴重，不好移動）……這些人事物都是最美麗的存在。這裡有太多充滿人情味的人，要不是有苦衷，菜市場婆婆怎麼會說謊呢？都是爲了生計啊！如果急起來，說謊、呵斥自然都會脫口而出。可是，這不就是人嗎？

「要不是萬不得已，怎麼會這樣？」這句話是父親的口頭禪。

在我接受這句話後，才體會到這世界原來如此美麗，眞該早點聽父親的話啊。

爸爸：

我這個女兒眞是白活了好長時間。即便如此，在六十歲之前能夠明瞭，總比永遠不知道好吧？

您把我生成如此壯碩的身體、把我的容貌生爲只有丙上的等級，如今我都能理解了。希望您原諒我以前的傲慢、無禮、愚蠢……

謝謝您，爸爸。這句小孩子也會說的簡單話語，我卻直到快要六十歲的年紀，在父親去世以後，才說出口。唉，這又能怎麼辦？誰叫我是爸爸的女兒！

我這個沒出息的女兒要把這本書獻給爸爸。

鄭智我

정지아

譯者後記

空間的交錯、時代的悲劇

盧鴻金

能翻譯《父親的解放日記》一書是我的幸運。翻譯的過程可說相當愉快，雖然原著中出現諸多艱澀難懂的韓國全羅道方言，與首爾標準話差距不小，但仍不減翻譯的樂趣。

書中的父親——高尚旭具有多重身分，既可以說是韓國現代政治分裂歷史的受害者，但也是一位溫暖、幽默，並有些固執的老人。正因爲如此，讀者在接觸這本小說時，應該能夠以較爲輕鬆的心情加以閱讀，甚至還會心折於這位老人面對磨難時的智慧與堅持。

高尚旭從事左傾活動最活躍的時期應該是在「麗水順天事件」前後，該事件發生於一九四八年十月十九日，由駐紮在全羅南道麗水的國防警備隊第十四團軍人發起武裝革命而展開。這些軍人具有左傾思想，不僅拒絕鎮壓參與「濟州四·三事件」的民間人士，並試圖阻止大韓民國成立單獨政府，因此可說是在南韓解放後不安政局的漩渦中，意圖阻撓單獨政府的成立以及左、右派對立而發生的代表性事件。以此事件爲契機，李承晚政府展開大規模的軍隊整肅工作，並制定《國家保安法》，構建反共體制。

在如此的時空背景下，高尚旭畢生未改其左傾理念，即便因此連累家人、親戚也在所不辭。從現代人的眼光或價值觀來看，也許這位老人過於陳腐，但政治信仰的堅持並未對其基本的人性造成任何影響。在生活上，他也只是一位固執、任性、貪好杯中之物的傳統韓國男人。

韓國解放後的政治分裂雖然仍處於現在進行式，在二十一世紀的今日也許讓人覺得沉重，但因作家的書寫技巧帶有「輕快的深度」，也因此在閱讀過程中，經常出現「含著眼淚、帶著微笑」的時刻。

父親高尚旭過世後的三日葬禮期間雖是整部小說的敘事核心，但女兒鵝異在接待弔唁賓客時，漸次發現過去未及知悉的父親實際生活面貌。高尚旭是一九四八年入山的老游擊隊員，也是在一九五二年僞裝自首的社會主義者。他在一九七四年再次入獄，在監獄生活了六年多。意識形態看似頑固的父親在女兒的人生中始終扮演負面、妨礙的角色，隨著葬禮的進行，父親的形象逐漸多角度呈現。作家以其優異的敘事能力進行書寫的同時，父親各種溫暖的作爲也讓讀者更爲投入故事中。

爲了深入閱讀《父親的解放日記》，讓我們先集中在時間點上。這部小說看似只在描述三天的葬禮期間，但實際上橫跨了從一九四八年至一九五二年、一九八〇年代初期和二十一世紀初期。高尚旭是谷城郡黨委員長、對於農務不怎麼熟練的農夫，也是求禮邑內大樓的管理員。女兒從父親的愛女過渡到承受父母在游擊隊員時期歷史的傾聽者，高中時期則變成無止境埋怨父母的叛逆者；到了面臨婚嫁時，又因父母的身分臨時取消婚禮；父親過世之後，她更是必須以喪主身分承續父親留下的因緣。

小說中的空間也很重要。雖然殯儀館被設定爲主要敘事空間，但小說的內容則擴展到潘內谷和求禮邑內。求禮人爲了追悼高尚旭而聚集在一起，敘述自己心中的感謝、悔恨、怨忿、憤怒，種種情緒混合在一起，像熔爐一樣高度沸騰。這個設定應該是爲了鋪陳即便在今日也必須小心面對的意識形態之爭的敘事，而做出的布局。小說中各種豐富多采的事件因爲時間和空間設定的壓縮、展開而得以追憶。

智異山下求禮人的各種故事形成敘事的中心，也值得我們關注。高尚旭的「三五同學會」以及在求禮邑內結下的緣分，延續了情感共同體的風景描寫。在葬禮舉行期間鼎力相助的黃社長和米糕店姊姊也令人印象深刻，他們都是游擊隊員的後代，與高尚旭的各種連結也引人注目。大伯家的吉洙哥哥雖被陸軍官校錄取，但因受當時施行的連坐法影響，終生的命運也爲之改變。在韓戰爆發之前，二十三歲的巡警在高尚旭的一念之間存活下來，這也是一個例子。而小叔一輩子的悲慘生命則讓人倍感惋惜。如果說高尚旭獻出整個人生，爲青年時期的政治選擇付出代價是他生命的一段風景，那麼吉洙哥哥或小叔、黃社長和米糕店姊姊的人生也爲小說的豐富色彩做出了決定性的貢獻。而因爲死亡，高尚旭才得以與這些畢生交纏雜錯的因緣告別，因爲高尚旭的存在而終生受苦的人，也終於獲得解放。

在《父親的解放日誌》中，可以發現與意識形態和政治生態保持距離的民眾眞實生活的面貌。這個面貌也許可以概括爲「做人的道理」。小說中的人物，尤其是高尚旭和求禮人的生活態度顯現出即便是遭遇壓迫性的支配權力，也不能破壞做人的基本道理，亦即「珍惜鄰舍、互助生活」的心意，這毋寧也是高尚旭內心深處的基本態度。由此看來，這部小說不僅是《父親的解放日記》，也是《民眾的解放日記》，因此更顯其價值。

這本小說自出版以來，廣得韓國大眾關注，尤其是經文在寅前總統、前國會議員柳時敏等人推薦而成爲暢銷書，至今已賣出超過三十萬本，並獲得「五·一八文學獎」，以及獲選爲諸多大學、地區的年度選書。如果作家已然解放的父親知道此事，他一定會裝作若無其事地揮揮手說道：

「那是妳自己的事，我又沒做什麼。」

國家圖書館出版品預行編目資料

父親的解放日記／鄭智我 著；盧鴻金 譯.
-- 初版. -- 臺北市：寂寞出版股份有限公司, 2023.10
256 面；14.8×20.8公分. --（Soul；50）
譯自：아버지의 해방일지
ISBN 978-626-97541-2-0（平裝）
862.57　　112013741

圓神出版事業機構 Eurasian Publishing Group 寂寞出版社 Solo Press

www.booklife.com.tw　　reader@mail.eurasian.com.tw

Soul 050

父親的解放日記

作　　者／鄭智我 정지아
譯　　者／盧鴻金
發 行 人／簡志忠
出 版 者／寂寞出版股份有限公司
地　　址／臺北市南京東路四段 50 號 6 樓之 1
電　　話／（02）2579-6600 · 2579-8800 · 2570-3939
傳　　真／（02）2579-0338 · 2577-3220 · 2570-3636
副 社 長／陳秋月
資深主編／李宛蓁
責任編輯／朱玉立
校　　對／李宛蓁 · 朱玉立
美術編輯／蔡惠如
行銷企畫／陳禹伶 · 鄭曉薇
印務統籌／劉鳳剛 · 高榮祥
監　　印／高榮祥
排　　版／陳采淇
經 銷 商／叩應股份有限公司
郵撥帳號／ 18707239
法律顧問／圓神出版事業機構法律顧問　蕭雄淋律師
印　　刷／祥峯印刷廠
2023 年 10 月　初版

This book is published with the support of the Literature Translation Institute of Korea (LTI Korea).

定價 420 元　　ISBN 978-626-97541-2-0　　